文春文庫

コットンが好き

高峰秀子

文藝春秋

まえがき

この世に生まれて、六十年生きてきた。

日本女性の平均寿命は八十歳などと言われているけれど、だからといって私が八十歳まで生きる、という保証は誰もしてくれない。そろそろと、この世から片づく心づもりをしておいてもいいのではないか……そう思いはじめたときから、少しずつ身辺整理を始めた。いや、始めようと思っています、と訂正したほうがいいかも知れない。

私は少女の頃からすこし変っていて、美しい衣裳やアクセサリーなどよりも、家の中の道具や食器に興味を持っていた。それも、新しいキラキラしたものよりは、さんざ人の手を経て、こなれた味わいのある古いものばかりに、なぜか心をひかれた。ひまさえあれば古道具屋をウロついて、油壺ひとつ、豆ランプ一個と買いはじめてから何十年も経ち、いま改めてわが家の中を眺めわたしてみると、小さなガラクタ屋よろしく古物のひしめきあいで、どうにも収拾のつかない体たらくである。

ケチ精神旺盛な私のことだから、よくよく惚れて納得しなければ小皿一枚買うものではない。それだけに、さて、それらのものどもを整理処分しよう、と、思い立ってはみたものの、どんな小さなものの一つにも、私なりの思い出があり愛着もあって、「そう気安くは手放せない」ということに気がついた。どちらかといえば、ものには執着の薄い私だったのに……。「情が移ってしまった」とでもいうのだろうか、これは自分でもギョッとするほどの大発見だった。

人は、生まれてから何十人、何百人もの大勢の人間に出会い、それらの人々となにかしらの関りを持って生きていく。けれど、何百人かの人々と、全く同じ割りあいで、満遍なくつきあう、ということはあり得ないし、出来ることでもない。おそらく、四十歳をすぎるころからは、よほどウマの合う人間とだけ深く、終生つきあっていくようになるだろう、と、私はおもう。人間とものも同じことで、ほんのささやかなものとの出会いにも、感傷的と笑われるかもしれないけれど、交流やふれあいがある。

例えば小さな櫛ひとつ、使いこんだ自分の箸、役にも立たない古いブローチ……他人がなんと言おうとも、これは私の宝ものなのだ、というものを、誰でも幾つかは持っていないにちがいない。

三十余年も前に私のものになった李朝の大壺や赤絵の皿が、その後何度かの引越のどさくさの中でこわれもせずについて来てくれて、いまだに私のそばにいてくれる。とおもうと、サイフの底をはたいてやっとこ手に入れた大切な茶掛けや宝石入りの蒙古刀が、どこに消えたのやら、影もない。しょせんはウマが合わなかった、と諦めるよりしかたがない。

だから、今日現在、私の周りにある道具や小物たちは、私と共に生き続けてくれたかけ替えのない戦友のようなものである。常時コキ使っているものばかりで、とびきり高価な代物や、美術館入りをするようなやんごとなき御物などはひとつもないけれど、それでも私にとっては、みんな愛しく、かわいいものばかりである。が、いくら愛しいといっても、このものどもを背中にしょって墓の中まで連れていく、というわけにはいかない。いつか私がこの世から片づいてしまったあとも、これらのものは、どこかの誰かの手に渡って、また新しい主人のために生き続けていくだろう。何処の、何方さんか知らないけれど、私はその御方に、「どうぞ、いつまでも可愛がってやってくださいね」と、お願いしたい。

コットンが好き・目次

写真・松本徳彦

コットンが好き

徳利

この家の主婦（つまり私）は、モノの使いかたがとてつもなく気まぐれで、例えばタル源のお櫃《ひつ》に秋草を活けたり、そばチョクで茶碗蒸しを作ったり、灰皿が小皿に化けたり小皿が灰皿に変身したり、というのは序の口で、とにかく家の中にあるモノを本来の役目以外にコキ使って楽しむ、というヘンな趣味の持ち主なのです。

中でも忙しいのは、わが家の一輪ざしたちで、注ぎ口の工合さえよければ片っ端からお酒を入れてお膳にはべらせてしまいます。

写真の四角い容器は、もともと酒器やら花器やら正体不明の上に、生まれも清水だか有田だかも判然としない風来坊ですが、わずか十センチほどのチビのくせに二合近く入るので、怠けものの主婦にはもってこい。夫のナイトキャップのお供は、つい、この徳利にまかせてしまう、という愛用品です。

盃

私は洋酒党だが、夫は日本酒党で、いつの頃からか、イソイソと自分好みの盃を集めはじめた。思えば他に道楽もない、哀れなマジメ人間である。

わが家では、来客にお酒をサービスするとき、お盆に幾つかの盃を並べて、気に入った盃を使ってもらうことにしているが、酒好きの大男が意外と小さな猪口を喜んだり、やせの大喰いがでっかいぐい呑みを抱えこんだり、で、それがまた酒の話題になったりして酒席がいちだんと楽しくなったりする。

夜なべを終えた夫が、離れの書斎から「ドッコイショ」と引きあげて来るのは、たいてい夜中の十二時をまわったころだ。一風呂浴びて、ナイトキャップのお膳につく前に、夫は盃の並んだ小さい棚を眺めまわして、その日の気分で今夜のお供をする盃を選び出す。この盃部隊は、夫の疲れをいやしてくれるいとも愛すべき親衛隊である。

一位の箸

右手の中指に出来た夫の頑強なペンダコが、食事のときに箸を持っても痛むらしく、長年愛用していた象牙の箸が、「重い！」という一言でお払い箱になった。

タコが生み出す原稿料で生活をしている、といういきがかり上、ささくれ立った安物の割り箸をお膳に載せるわけにもいかない。そこで私の「箸さがし」が始まった。

デパートの箸売場には、なかなか美しい塗り箸があるけれど、箸先が辷《すべ》るので、冷や奴や麵類には工合が悪く、懐石料理で使う上等な「利休箸」は、さすがにスッキリと好もしいけれど、両端とも細まっているところがなんとなく落ち着かない。宮崎名産「ゆすの木」の箸は姿も軽さも格好だけれど、食事のたびに熱湯でゴシゴシ洗う内に漆がはげてきて貧相になってきた。

いささか箸を投げ出しかかっていた折りに、飛騨は高山の有名精進料理店で出会っ

たのが、「一位《いちい》の木」製の箸だった。束帯のときに右手に持つ「笏《しゃく》」と呼ばれる薄板は、この一位の木で作られる。というより、お節句の男雛が両手を重ねるようにして持っている、あのヘラのような物、といったほうがピンとくるかも知れない。

一位の箸は、まず素材の生地が美しい。軽さ羽毛の如く、歯ざわりやわらかく、まことに工合がよろしい。私はお料理の味よりも殆ど、やんごとなきといった風情の箸にみとれながら食事を終えた。箸袋に、「どうぞお持ち帰りください」と書いてあったので、やれ嬉しや、と家へ持ち帰り、夫の箸おきに載せてみたところ、奴《やっ》はいと軽げに箸をあやつりながら、何も言わない。つまりVサインの証拠である。

京都の四条河原町の近くに、「箸やったらなんでも揃うてまっせ！」といった、気どらない感じの箸屋さんがある。京都へ旅行をするたびに、ちょぃと覗いてみたくなる私のヒイキの店だ。一年は五十二週。一週間に二回ほど一位の箸をとりかえる、ということになると、年間に約百膳。京都へ行くたびにこの店から箸の束を抱えて帰る。

目下、白髪に老眼鏡のわが家の内裏様《だいり》は、一位の「笏」ならぬ二本の箸で好物の小アジの酢のものなどをつつくことに懸命で、昨日の夫婦喧嘩のことなんざ、ケロリとお忘れの様子である。女房って、くたびれるねェ。

飯茶碗

まだ、オカッパの六歳のとき、ご飯を残して母にしかられた。

「もったいないことをするものじゃない。お米はお百姓さんがいっしょうけんめい作ったものですよ。人さまが作ったものをそまつにしてはいけません。お前は一粒のお米でも自分で作ることができますか？　できたら作ってごらん」

と、言われて私は泣いた。お百姓さんうんぬんということよりも自分でお米を作ってみろ、という難題に、子ども心に当惑して泣いたらしい。母はまた、私にこう教えた。

「ご飯をいただくとき『いただきます』と言うのは、父さんや母さんに言うのではなくて、お米を作ってくださった、おかずを作ってくださったたくさんの人たちに『ありがとう』とお礼を言うことなのよ。人間はひとりきりでは生きてゆけない。みんな、まわりの人たちのおかげで生きさせていただいているのだからね」

こんな言葉を、今の子どもたちが聞いたらなんと答えるだろう。

「お米を作る人も、おかずを作る人も、その仕事によってお金をもうけてるんじゃないの。食べようと残そうと私のかってよ。カンケイナイ」

くらいのことは言うかもしれない。このごろの子どもは、「いただきます」はおろか「おはよう」も「おやすみ」も言わないとか。それとも一つ、納得させる会話のできる母親が何人いるだろうか？　まるでおとなに対するように、真剣な目をして私をしかった母のツメのアカでもせんじて飲ませてあげたい気がする。私の母は、私以上に無学無教養だが、ひたむきに人間の初歩を私に教え込んでくれた。私はそういう母を偉いと思うし、好きである。

ご飯の茶碗を見ると、私は母を思い出す。ほっかりとしたご飯のぬくもりが茶碗を通して手のひらに伝わるとき、心の中で「ありがとう、いただきます」とつぶやく自分を感じるのは、私だけではないだろう。

珍味入れ

さんざごちそうをつついたあと、さて、仕上げにお茶づけ一杯となると、なにかしら塩辛いおかずが欲しくなる。

家庭の台所の戸棚の中には、たいてい、塩こぶとか小魚のつくだ煮とかいった、お茶づけの友だちが待機しているものだが、突然にお声がかかってみると、お座敷に出るその身じまいが、なかなかまにあわないのが普通である。たいていはプラスチックの容器とか、陶器のふた物に入ったまま、あたふたと走り出るが、中には、店売りの瓶ごと、箱ごとのまま飛び出すこともある。陶器のふた物というものは妙に無精ったらしく見えるし、箱ごとドッカリときては、せっかくのお膳の上が急に世帯じみて、食事の幕切れがしまらない。

「ま、そんなかたいこと言わないで」と、女房のほうが見て見ぬふりをしていても、

勤め先からピリピリした神経を持ち帰っている夫のほうは、その味気なさ、そのごまかしをちゃんと見ぬいているものである。

この節は、バーやナイトクラブで、キンピラごぼうやおからの煮つけが幅をきかすというヘンなご時世だが、世の男性たちは、ただ、おからやコンニャクに恋いこがれてバー通いをするわけではない。お酒を飲む、というリラックスしたふんいきにタイミングよく出される、ほどよいおかず、それも、なつかしい〝おふくろの味〟郷愁ほんわかのおそうざいばかり、そして、最後まで手をぬかない美人のサービス、プラス、サービス。それらが、たまたま家庭ではつい、おろそかにされている、ということではないのだろうか。「あたりまえよ！　あちらは大金をふんだくるんじゃないの、女房だって忙しいんですからネ、くやしかったら金よこせ……」なんて言っちゃ、身もふたもない。

不覚にも結婚しちまったのが運のつき、とあきらめて、ラッキョウやのりのつくだ煮を瓶ごとお膳にのせる〝荒々しさ〟は女房のタブーと心得たい。めんどうくさくてもなんでも、顔で笑って心で泣いて、ちょっと小皿に盛り替えることで食膳はグッと楽しくなる。

ふた物は無精たらしいといったが、出し方しだいで、やはり、ふた物はアットホームな容器である。写真は根来の直径十センチほどの珍味入れ。梅干し一個、花ザンショウ一つまみを入れてお膳に置くと、まかりいでたる茶づけの供にそうろうといった貫禄になる。「馬子にも衣装、かみ、かたち」とは、よく言った。昔の人は苦労したんだなア。

手塩皿

香のものなどをちょいと取り分ける小皿を、道具屋さんなどはいまだに「お手塩」と呼んでいる。

昔、不浄を払うために、小皿に塩をひとつまみ盛ってめいめいのお膳に添えた「手塩皿」が、いつの間にか「お手塩」に変化した名残りなのだろう。現在《いま》でも、古道具屋さんをのぞくと、昔風の、信じられないほど小さい手塩皿があって、ついつい欲しくなってしまう。小さいからといって雑にせず、小さいからこそ念を入れました、という繊細な絵つけが愛らしい。

なにしろ、ままごとに使うようなチビ皿だから、毎日使って便利調法というわけにはいかないけれど、お汁粉の口なおしに山椒の実を三、四粒のせてみたり、お酒の肴に塩ウニをひとつまみ盛ってみたり、と、老いたるままごと遊びを楽しんでいる。

ようじ入れ

たいへん、日本的な食卓のお供である。

食卓でつまようじを使う習慣は、東洋にかぎるようで、西洋ではレストランにはいってもテーブルの上に〝つまようじ〟の姿はなく、どうしても必要とあれば洗面所で使うのが常識のようである。

食べ物がはさまったトタンに、人前で歯をムキ出して食べかすのしまつを急ぐのは、実際には清潔なのかもしれないが、あまりに現実的で美的ではない。が、奥歯にはさまった食べ物を追い出そうとしていつまでも「チュッチュッ」と舌を鳴らしているのは、なおみっともない。

私の友人のアメリカ女性は、食後「失礼！」と洗面所へ立ち、携帯用の小さな歯ブラシを取り出して、大々的に歯を洗って戻ってくる。ちいとも悪びれないそのしぐさ

が、いっそさわやかに感じられて、こっちの口の中までサッパリとするようであった。
戦時中、慰問団の一員として〝大日本帝国海軍〟の基地を訪ねたとき、当時ではもう、めったに口にすることができなくなっていた〝洋食〟をごちそうになった。のりのきいた、真っ白いテーブルクロスの上に、点々と、小さなウイスキーグラスが置かれていて、グラスには真っ白い食塩がこんもりと盛られ、その塩に何本かのつまようじが形よくさしてあって、それが、花のないテーブルの飾りになっていた。何をさせても、男にはかなわないな！ と思い、そんなスマートな海軍を、ちょっと頼もしく感じた。
つまようじ。
日本語では、つまようじ
英語では、TOOTHPICK
フランス語では、CURE-DENT
こんな小さなものにも、ちゃんと名前があると思うと、なんだか、いとしい。わが家のつまようじ入れは、洋酒のワンショットの計りコップである。指を一本立てたデザインが小イキで、それが格好なとっていになっていて使いやすく、愛用している。

おしぼり

夏のお客様には、熱いお湯をくぐらせたおしぼりタオルと、ビックリするような大コップに冷えた麦茶をたっぷりと注いでサービスするのが、わが家のおもてなし。清潔好きを通り越して、ほとんどビョーキに近い私は、おしぼりの大ファンである。いまは街の喫茶店でも、タオルならぬパックされた紙のおしぼりがサーブされるが、それでも無いよりマシで、わが日本国のささやかながら自慢のできる習慣である。

といっても、このおしぼりもまた御多分にもれず、やはり中国からの到来ものらしい。私たち食いしんぼう夫婦は、中国料理の美味にひかれて、ときおり香港くんだりまで出かけるが、料理店のテーブルに着くか着かない内に、湯気をもうもうと立てたおしぼりタオルの山がお盆にのせられて現れ、ウエーターが大きなピンセットのようなものでほぐしながら一枚ずつ客の手に渡してくれる。消毒液で煮沸するのだろうか、ほんのりと薬の匂いが掌に残る。食事の終わりには再び熱々のおしぼりが現れるが、食事中も、手づかみで食べるエビやカニの料理、そして北京ダックのあとにも頻々としておしぼりが現れる。そのタイミングのよさもバッグンで、サービスとはかかるものかな、と、いつも感心してしまう。

梅原龍三郎画伯は、若かりしころから北京や上海の風景に魅せられて中国詣でに余念のなかった御方である。画伯の楽しみは、美味しいものを探すことと、大好きな「京劇」を見物することで、当時最高の女形だった「梅蘭芳《メイランファン》」にあこがれて、「私も梅原龍という名前で京劇俳優になろうかと思ったこともある」というのだから、かなりの京劇ファンだったに違いない。開幕前に劇場に入ると、熱いおしぼりが配られて、一階の土間から、二階、三階の客にまで、ピューッとおしぼりが飛ぶ風景が実に見事で、「劇場の雰囲気が華やかに盛り上がって、ありゃ、なかなか壮観だったなァ」だそうである。なにしろ今から五十年ほども前の話だ。日本航空が機内サービスにおしぼりタオルを出すようになってから、外国の航空会社も真似をしだした。先日もエールフランスで熱いおしぼりが出て、私は思わずニッコリした。どこがルーツであろうと、今後もせいぜいおしぼりには世界中を駆けまわって活躍をしてもらいたい。

箸おき

何か、ちいちゃなものを集めてみたい、とある時思った。あまり高価でないもので、毎日使えるもので、そして楽しめるもの……私は、箸おきに決めた。

私は商売柄お客をしたりされたりで料亭へ行くことが多い。料亭一般についていうと、いいかげんの料理でお客をごまかす料理屋は箸おきまでいいかげんなものを使い、すぐれた料亭は少なくとも季節ごとに箸おきを取り替える神経を持っていた。家庭でもそのくらいの神経を持ちたい、と私は思った。

箸は口へ入れるものである。その箸をおくにはまず清潔で美しさがなければいけない。出て来る器ともうつりがよくなければいけない。おっと忘れていた、いちばんたいせつなことは〝箸をおきよい〟ということもある。そしてまず私が買ったのは、円形をちょっと指で押したような五色の小さな箸おきだった。これは一年じゅう使える。

デパートには、いろいろの形のものがあるが、いずれも陶器で、陶器以外のものはないものかしら、と目を皿にしていた私は、京都の古道具屋のきたない箱の中でヘンなものを見つけた。それはおいなりさんの小さな銅でできたきつねである。陶器ばかりのお膳の中に銅製のきつねがチョコナンと鎮座ましますのはなかなかに楽しかった。

外国へ行って箸おきをさがすなんて、妙なことだが、私はモナコの小物屋をのぞいたとき思わず「あっ」と叫び声をあげた。切り子のきらきら光るクリスタルの箸おきをそこに見たのだった。もちろん、箸を使わない人種にとってはそれは箸おきではなく、フォークとナイフを置くものなのであった。それが証拠には、どの箸おき（?）も少なくとも一インチ半はある。私は夏用に使おうと喜びいさんでそのクリスタルのを買った。こういうものがあると知ったからには、外国といえども、ただうろうろ歩いているわけにはいかない。

私が最高に気に入っているのは、サンフランシスコの古道具屋でみつけた、グレートデンが二匹並んで座り、その背に一本の鞭が渡されている、優雅なものである。

道具屋のオヤジが「九十年前のモノであるぞ」とイバッたけれど、ウソかホントかは分らない。いや、ウソでもホントでもかまわない。いいものは、いいのだもの。

しょうゆつぎ

日本料理にかかせない調味料は、なんといってもしょうゆである。食卓にしょうゆびんがのるのは、世界中で、日本料理と中国料理の二つしかない。外国へ旅行して、日本料理が恋しくなった時、そして、その土地に日本料理がない時に飛びこむのは絶対に中国料理屋である。

そんな時は、店にはいったとたんに自分の視線はしょうゆびんを求めてさまよい、しょうゆびんの存在を認めた瞬間の満足感といったら、思わずニッタリするほどである。

つまり、日本料理が恋しいのではなくて、しょうゆが恋しいのである。

西洋料理が苦手な旅行者が塩コブなどをスーツケースにしのばせていくのも、やはり、しょうゆのけさえあればなんとかまぎれる、ということなので、「西洋料理のゲップをしながら、ホテルの一室で、ひそかに塩コブをしゃぶってホッとする」などという話は、涙ぐましくさえなる。全く、日本人と生まれた宿命というよりしかたがない。

しょうゆつぎというものは、三度三度食卓にのるものだから、食事を楽しくするためにも、食卓を美しくするためにも、一つ以上は持っていたいと思う。鮭の切り身二きれほどの値段で買えるものもあるが、上等のうなぎ丼を食べたつもりで奮発すれば、来客用の最上等のしょうゆつぎが買える。私は、洋食のときは、ガラスのミルク入れに入れたり、小さい化粧びんに入れたりして食卓用のアクセサリーを兼ねて楽しんでいる。

写真の、黒い漆に金蒔絵のは、古道具屋にころがっていたのを三百円で買ったもの。これは、もと、何だったかおわかりですか？　古いおひなさまのお膳の上にあった、高さ三センチほどの「湯桶」である。

しょうゆの国ニッポン

「ヒコーキデ、ニッポンノナリタニツクト、イチバンハジメニ、カンジルノ、ショーユノニオイネ」と、アメリカの友人に言われて、私は「ヘエ……」とびっくりした。

「自分の国の匂い」などというものは、ふだん、あまり意識したことはないけれど、そう言われてみれば私も、インドやスリランカでは強烈な「香辛料」の匂いを感じたし、アメリカでは何処へ行ってもそこはかとなく「消毒薬」の匂いがただよっていたし、アフガニスタンやパキスタンでは一日中「羊肉の独特な匂い」がハナについて閉口したものだった。韓国へ行けば「キムチ」の匂いが、そしてベトナムへ行けば「ニョクマム」の匂いがするのだろう……。

私は、外国旅行をしたら、なんでもかんでも、その国の食べものを試すことが、その国を知る一番手っとり早い方法だと信じているから、いくら「しょうゆの国」から来たといっても、その土地にある日本料理店には、まず出向かないし、ホテルの部屋でこっそりと梅干や昆布をしゃぶって随喜の涙を流すほど、和食にはこだわらないほうである。とはいう私も、実は外国旅行をするときに、必ずスーツケースにひそめてゆくものがひとつだけある。それは、日本国最高の調味料「しょうゆ」である。

最近のしょうゆの人気はすさまじく、もはや世界の味になりつつあるけれど、でも、世界中のレストランに常備されている、というところまではいっていない。外国の味にゆきづまった時、私は目玉焼きにチビリとしょうゆを垂らしてみたり、ステーキやマトンの料理にタラタラッと垂らして、一人ひそかに会心の笑みを浮かべる。

三年前にエジプト旅行をしたときも、私は、化粧水を入れるプラスチックの容器にしょうゆを入れて、常時持ち歩いていた。同行の私の夫・ドッコイをはじめとした男性四人は、毎回、私がホテルの食堂に現れるたびに、私のハンドバッグのあたりにチラリと流し目をくれて、期待に燃えた表情でニッタリと笑ったものだった。瓶ごと渡そうものならしょうゆはアッという間になくなってしまうし、第一、テーブルにのせるのはコックさんやボーイさんに失礼だから、私は誰も見ていないときに、それこそ、目にもとまらぬ早業で、みんなのお皿にチョチョチョッ、としょうゆを振りかける。この作業はなかなかに熟練を要するから、真似をしようったって無理である。シシカバブも魚のグリルも、たったひとしずくのしょうゆによって、コロリと味が変わるのが、まるで魔法のようで、今更ながらしょうゆの威力に、野郎たちはビックラした様子だった。

十年ほど前から、私たち夫婦は夏とお正月だけホノルルで暮らす習慣にしている。ハワイの人口九十万人の中の二十五万人が日系人だから、もちろん日本料理店も多いし、たいていのレストランでは「ソイ・ソース」と注文すれば直ちに卓上瓶が出されるし、スーパーマーケットにも沢山のしょうゆが売られている。

わが家は小さな貸しアパートで、台所もついているから、私はホノルル滞在中は一日中おさんどんで忙しい。食事のレパートリーも少なく、適当に手ヌキもするところから、おいしいしょうゆの力を借りなければニッチもサッチもいかないのである。

したがって、ハワイ出発に当っては、他のものは忘れても、大瓶のしょうゆ二本だけは必ず自分でブラ下げてゆく、という、こだわりようである。ホノルルのマーケットに並んでいるしょうゆを信用しないわけではないけれど、日本からホノルルくんだりまで、船でチャッポンチャッポンとゆられてゆくしょうゆよりも、少しでも新鮮なしょうゆを、とこだわるのである。（ガンコだねぇ）

ハワイの魚というと「MAHIMAHI（しいら）」という、ひどく不味《まず》い魚を思い浮かべるけれど、下町の魚屋に足を運べば、「AHI（鮪）」も「AKU（鰹）」、鯵、タコ、カニ、水族館からかっぱらってきたような、名も知れぬ極彩色の熱帯魚もゴロゴロズラズラと並んでいる。ハワイの魚の最高スターは、なんといっても、コナで獲れる「コナクラブ」というカニと、「ONAGA」という魚である。コナクラブは巨大なシラミというスタイルだが、タップリとした身がほのかに甘くて絶品だし、「ONAGA」は、ほんのりとした桜色ですらりとした姿も優雅、味は鯛とスズキの合い子、と言ったらいいだろうか、さしみにすると、これまた絶品だし、チリもおいしい。

それにしても、ハワイの魚は、日本の魚屋サンのように、小ぎれいな切身になんかなってはいない。どれも一匹まんまの目方買いか、鮪や鰹も一ポンド幾らの塊で売られているから、アパートへ持ち帰ってからの始末がたいへんで、「それ、出刃だ」「やれさしみ包丁だ」と、大さわぎになる。

あやしげな手つきで「ONAGA」をおろし、さしみに造って盛りつけて、やっとテーブルに運んで、ポン！　とさしみしょうゆをそえるとき、私は、つくづくと思ってしまうのだ。「ああ、私はやっぱりしょうゆの国の人間なのだなァ」と。

夜中の一パイ

昔、私は一滴のお酒も飲めなかった。私は酔っぱらいが嫌いだし、お酒なんて飲むだけ無駄だと思っていた。

ある日のことだった。木下恵介監督に「日本酒が飲みたいヨ」と言われて、お酒と全く縁のなかった私と二人の女中さんは飛び上がって驚いた。とにかく一人は酒屋へ、一人は隣家へトックリとおチョコを借りに走った。ところが三十分たっても一時間たってもお酒が現われない。私はしびれを切らせて、台所へ立っていって驚いた。ガス台に大きなご飯蒸しがかかっているのである。おカンをつけることを知らない彼女たちがお酒の入ったトックリをご飯蒸しで蒸していたのである。

私はその時生まれてはじめておカンをつけた。「おカンは人肌に」とつぶやきながら。ところが、そんな私が後に大酒のみの男と結婚してしまったのである。夫は夜な夜な友人を連れてきて必ず一コン傾ける。三分ほどで食事を終えた私は夫がながながと杯を傾けているのをただ眺めているより仕方がない。毎晩それをくり返しているうちに、私はだんだんアホらしくなってきた。そして決心したのである。「よし、私も飲んでやるぞ」と。

一年経ち、二年経つ内に私はいっぱしの飲んべえに成長した。それどころかお酒がおいしくてたまらなくなったのである。家に酒ともだちが出来たせいか、夫はだんだん友達を連れて来なくなり、夫婦だけの深夜の酒盛りが我が家の習慣になった。夕食のあと、夫はひとしきり仕事をする。そして夜中の十二時すぎからその日のしめくくりの一コンが始まるのである。今日の出来ごと、明日のプラン、と話はつきない。「隣り近所の泥棒の番をしているようだ」と言いながら夜が明けてしまうときもある。

私は奥様方にぜひおすすめしたい、家族が寝静まったあとで旦那様と一パイおやりなさいと。お酒を出されて怒る夫はこの世にいない。但し女房は夫の話相手になるべく勉強が必要だ。話題があれば話は四方山に広がってゆく。「お酒を飲めない人はどうするの」って？　それなら甘いものでも召し上がれ。深夜、夫婦向かい合って葛ざくらのアンコをなめているなんて、なかなかオツな図ではないかしら。

ナプキン

洋食のテーブルにナプキンがないと、なんとなく間のぬけた感じだが、日本のお膳には絶対といっていいくらいナプキンはつかない。そのくせ出前のカツレツ一つ取っても、つまり洋食と名さえつけば、ちゃんと三角にたたんだ紙のナプキンがくっついてくるのだからこっけいである。

外国では、麻のナプキンやレースのテーブルクロスは嫁入り道具の一つにはいっているが日本にはおよそそんな習慣はない。外国の家庭では家族のめいめいが、ちょうど、日本人が各自のお箸を決めて持っているようにナプキンを持っていて、食事が終わるとイニシャル入りのナプキンリングに通して、よごれるまで使っている。普通の家庭では一回ごとにナプキンを洗う必要もないので、自然にこんな習慣ができたのだろう。

ホテルの食堂や一流の洋食店へ行って、あの真っ白いナプキンをひざにひろげるときの気分はなんとなく豊かで気分のいいものである。第一、食べ物をこぼしてもきものがよごれる心配はないから食事もいっそう楽しくなる。本来、食事は気どっていてはおいしくないものだし、中国料理のように、テーブルの上をよごせばよごすほど「遠慮なく、おいしく、たくさんいただきました」という礼儀になっている国さえあるのだからおもしろい。日本料理にはナプキンもつかないのだから、絶対こぼさないという前提のもとに成り立っているお行儀のよい料理なのだろう。わが家は夫婦ともに食いしんぼうで、食いしんぼうのお客さまが好きだから、食事のマナー？　はどうしても中国風になる。ナプキンも料理のいかんによらずかならず登場する。

ナプキンは白麻のパリッとした大ぶりのものがいいが、毎日使うものだから白一色では変化がないし、第一洗たくとアイロンかけがめんどうである。私は、夏物のもめんの洋服生地の安売りなどを買ってきて、四角にミシンをかけて、その花柄やチェックの色を楽しんでいる。中にはひざがスッポリかくれるほど大きなナプキンもある。これはスパゲッティ用のナプキンで、衿もとへ端をはさんで胸にたらし、スパゲッティのソースがはねても安心して食事ができるようにと思って作った。日本食や、おそばのときには手ぬぐいナプキンを使う。しゃれた柄のゆかた地でもあれば、適当にちょん切ってミシンをかければそれででき上がりだし、たくさんできすぎたら六枚一組でプレゼント用にもなる。到来物の、模様のついたふきんも、そのままナプキンとして使う。洗いやすく、惜しげもなく、色がさめたら台所のぞうきんに下がっていくという寸法である。日本のふきんは、私には小さすぎてたよりないので、ちょっとしたナプキンに使うほうがいいような気がする。

わが家では、ふきんやぞうきんはもっぱら到来物のタオルである。タオルは水をよく吸うし、使いでがあって、すぐにビショビショになるさらしのふきんより使いやすい。ふきんやぞうきんはマメに取り替えるものだから、到来物の名入りのタオルなどはわが家では大歓迎である。

女房と畳は新しいのがいいとか言うけれど、ふきんとぞうきんも新しいのが気持ちがいい。畳のほうはちょっとがまんして、ふきんとぞうきんをちょいちょい新品にすれば、台所は常に清潔で明るく、そこで働く古女房も少しは新鮮にみえるかもしれない。

大皿

なんでもおおらかなもの、豊かなものは気持ちのいいものである。人の心をはじめとして、日本一の富士の山も、ナイアガラの滝も、伊勢神宮の大鳥居も、そのばかばかしいほどの大きさがあればこそ、こせついた私たち人間どもにいこいを与えてくれるのだろう。

何年か前のある日、小さな家の中の小さな食堂で小さな器にチビチビと盛られたおかずをセカセカとつついていた。

その時、私は突然、大きなお皿が一枚ほしくなった。でっかいでっかい大皿にこのありったけのごちそうを山のごとく盛り上げて、片っ端からパクパクバリバリと食いまくったらさぞ気分がいいだろうなと思った。

中国料理の、あの大皿に皆がいっせいに箸をのばす食事の形式を私は昔から好きだったし、ふぐのおさしみが菊の花びらのように並んだ大皿がデン！　と食卓に置かれる感じも私の大好きなものだった。

「大皿を見物するために、わざわざ中国料理屋やふぐ屋へ行かなくても、わが家に大皿なるものがあればいいんじゃないか、そうだ、そうだ」

と、あたりまえのことをあたりまえに思いついた私は、ひどく楽しくなって、外出のたびに古道具屋をのぞき、デパートを歩き、骨董屋をさがして、気に入った大皿をたずねまわった。

大きな陶器のお皿はどれも高価であった。けれど、人間が力いっぱいにこね上げた土を、あんなに平たくのばして、美しい模様を描き上げた大皿を、そおっとかかえるようにしてかまどに入れて、丹念に焼き上げる人の気持ちを思うと、高くてもしかたがないような気もしてきて、私は大皿を買うことをあきらめなかった。心を入れて作られたものを、心から求めて、心をこめて使ったら、大皿だってうれしいにちがいないだろう、と思った。

現在、私は何枚かの大皿を持っている。安南、赤絵、伊万里、そして素姓の知れない藍色の大皿である。

大は小を兼ねる、というが、この大皿たちのおかげで、どんなに台所の手数がはぶけ、お客さまに楽しんでいただいているかしれない。お祝いごとの夜は、大皿に赤飯を盛り上げ、もう一枚にはお煮しめを、そしてお新香とつくだ煮を、デザートの生菓子を美しく並べる。食卓に大皿が運ばれると一見豪華な風景で、だれもがニッコリとする。不意の来客には大皿にのり巻きとおいなりさんを盛って出し、お三時のころはサンドイッチがピラミッド形に盛り上げられる。十人前くらいのオードブルは一枚のお皿で充分である。

私はどんなに美しいものでも実用にならぬものは買わないし、使えるものをしまい込んで楽しむ性質ではないので、この大皿たちも暇なときにはみかんやりんごを二つ、三つほうり込んで、部屋のアクセサリーになってもらっている。

雑煮椀

私は、おせち料理には興味がないが、お雑煮には、子どものころから一種のあこがれをもっていた。小さい時から映画界で働いていた私は、世間の人々が年を新たにして祝うお雑煮を、何年も自分の家で食べたことがなかった。

大みそかの夜にはあわただしく汽車に乗り、映画館でのアトラクション、つまりお客さまへの新年のごあいさつに出かけたからだ。だから毎年、旅先の地方のどこかで、元旦のお雑煮を食べる。

ある年は白みそ仕立てのお雑煮、あるときは鶏のスープ仕立て、ある時は焦げたおもちがお椀の中に浮いており、ある時は真っ白くシコシコした歯ざわりのおもちがお椀の中にあった。わが家のお雑煮がいったいどんな味なのか、私は何年も知らなかった。そして、いつの間にか、そのわが家のお雑煮の味に深くあこがれるようになったのかもしれない。

お雑煮、お雑煮と書くと、私がいかにもおもち好きのようだが、実は私はおもちが大の苦手である。ただ、人並みにわが家のお雑煮を一ぺん味わってみたかったということかもしれない。結婚して、一家の主婦となった私が、いちばんはじめに買ったのは、古い朱塗りの雑煮椀だった。が、お正月が来て、さて、どうやってお雑煮を作るのかわからない。女中さんにききながら、私はマゴマゴとお雑煮らしきものを作って食卓に運んだ。お椀の中には切手ほどのおもちが二つ浮いたお雑煮を――。それでも、私の胸ははずんでいた。私のお雑煮を、私の家庭で作ったのだ、という喜びが、女のしあわせとなってしみじみと私の胸に押し寄せた。

ちっぽけなこと、と人は笑うかもしれない。でも、こんなささいなことにも喜びを見つけられる女は、やはり、しあわせだと思う。

小引出し

今の家を建ててから十八年になる。

私も当時は今より十八歳も若かったから（あたりまえだ）、断然、洋風の家にあこがれて、日本間なしの徹底的な洋館を造って得意になっていたものである。ところが、最近になって、大正生まれの悲しさか、いえ、ハッキリ言えば「寄る年波」というところか、むやみと畳が恋しくなってきて、ベッドにはいる前に一度はひざを折ってすわってみたくなってきちゃったのである。しかたがないから寝室のすみに和風のチャブ台などを据え、デパートで買ってきた大座ぶとんの上にベッタリとすわり込んでやっと安心した。

すわると自然に背中が丸くなり、肩を落として、寝酒などチビリチビリと楽しんでいるサマは、どうみてもイジワルバアサンそのもので、われながら全くカッコ悪いが

しようがない。

　さて、ドッコイショとすわり込んだが最後、もう立ち上がるのがイヤになる。そうなると無精は無精をよんで、今度はちょっと手をのばせば何でも用が足りなくてはいけなくなった。それなら用が足りるだけのものをはじめからそばに置いておけばよろしい。そうです。で、あっという間に、やれ灰皿だ、原稿用紙だ、赤鉛筆だ、字引きだ、といろんなものが集まって身辺にわかに忙しくなり今度はまるで小間物屋の店番でもしているような格好になってしまった。人間はすわっているだけで、どうしてこんなにたくさんのものがいるのだろうと呆然となったが、ほかにもまだまだ必需品があるのに気がついて慄然とした。

　この小物入れの台は、今の私にとってなくてはならぬ親友になった。小引出しには鉛筆、消しゴム、はさみにはがき、スコッチテープにはんこにつめ切り、ばんそうこうに睡眠薬、と、はいっていないのは老眼鏡くらいで（ほんとうです）、いっさいがっさい詰め込むことができて、便利この上もない。生まれは飛驒の高山で、昔はたぶん、旧家の長火鉢のわきか、隠居部屋にでもすわっていたのだろう。「近ごろヤケに引出しのあけたてが激しいわねぇ」といった表情で、私の座ぶとんの隣に控えている。

花瓶

日本に古くから伝わるデザインは、たいてい外国からの到来物だが、唐草模様もその一つである。

〝唐草〟というと、私のような古い女はすぐ、嫁入り道具のおおいや、大ぶろしきを思い出す。

厚手のもめんの緑地に白でかっきりと染め抜かれた唐草模様は、なんとなくやぼくさく、そして、なんとなくなつかしく、女心を郷愁に誘うのである。

あの簡潔な唐草模様のまわりにポチポチをつけて、たこの足のごとくに変形したのが、伊万里の特徴になっている、いわゆる〝たこ唐草〟である。現在でも、たこ唐草の酒徳利や皿が随所に見られるのは、当時このデザインが人々に喜ばれて、大量に生産されたということの証拠なのだろう。

それにしても、日本という国は、いや、日本人は、オリジナリティーは少ないくせに、なんて物まねのうまい、要領のいい国民だろう、とつくづくあきれてしまうのに、たこ唐草などというとぼけた模様を、いったい、どこのどんな人が考案したのだろう。いずれにしても、当時、値の安い雑器に絵付けをしていた職人おやじにはちがいないのだろうが、その人柄はきっとユーモアがあって、想像力の豊かなおもしろい人物であったろうと私は思う。

写真をとる段になって、わが家には意外と〝たこ唐草〟の多いことに気がついた。焼き魚用に使っている長皿、いなりずし用の大皿、それに酒徳利、そばちょこなど。

写真は珍らしい色柄のたこ唐草で、お正月にでも使われたものだろうか、少し面倒臭そうに松竹梅が画かれている。タコが一杯機嫌で赤くなっているところがこっけいで、私の好きな瓶のひとつである。

水滴

「書道を習いたい」と思った。

何でも思い立ったら即行動に移すヘキのある私は、さっそくに書道具一式を買い込んで机の前に座ってみた。まずは半紙など広げ、優雅なる水滴の口から、新しいすずりに、露のごとく清げなるしずくの一滴、二滴……。なんとも静かなよい気分のものではある。そこへ電話が「ジリジリジリ」、あわてて立ち上がるところへ玄関のブザーが「ビー」、主人がお客さま連れで突然のご帰館である。そら、魚屋へ電話、肉屋へ走る、てんやわんやで、もうお習字のほうはだめ。あくる日も、またあくる日も、机の前に座ろうとするとたんに用事ができて……。半年たった。すずり箱はとうに書斎のすみに押しやられ、半紙は台所へ下がって、てんぷらの下敷きとなり果てた。

そして、水滴は、ああ水滴は、いまや〝しょうゆつぎ〟と身を変えて、毎夜、酒宴の席にはべっているのである。

おべんとう箱

戦中派の人ならだれでも小学校のおべんとうの思い出をかならずもっているはずだ。お昼の鐘を待ちかねて開くおべんとう、ご飯の上に焼きのりを敷きつめたのりべん。白米の真ん中に梅干し一個の日の丸べんとう。自分のおべんとうのおかずにマンネリズムを感じた子どもたちは、友だちどうしでおかずを取り替えっこをして楽しむ。なつかしい思い出である。

よく汽車弁の好きな人がいる。駅へ着くたびに、いい年をしたオヤジが窓から身を乗り出して汽車弁を買いこんでいるのを見ると、「ああ、あの人もおべんとうに郷愁を感じているのだな」とほほえましくなる。

実はそういう私もその仲間の一人である。

私の職場は映画の撮影所だった。朝が早いので朝飯は食べずに撮影所へ飛び込み、

セットへはいれば常に緊張の連続だから「おなかがすいた」などとのんきなことは言っていられないが、お昼のサイレンが鳴ると同時に、限界にきた胃の腑がグウグウい い出す。

撮影所のおひる、といっても単調で、カレーライス、ラーメンが関の山で、外から出前を頼めばトンカツか親子丼くらいは持ってくるが、どちらにしても決まりきったものばかり。やっぱりおべんとう持参がいちばんいい。

たっぷりとおかずのはいったおべんとう箱をひろげ、自分のおかずと、だれかのラーメンのスープを取り替えっこしたりして、ワアワア言いながら食べる楽しみはまさに食事の醍醐味である。

そのおべんとう好きな女と結婚した松山善三という男がまた大のおべんとう好きときたからたいへんなことになった。彼はおまけに好ききらいが多く、ことに梅干しとタクアンのはいっているおべんとうは眉をさか立て、箱ごとヤッとばかりにほうり投げるほどの激しさである。

旅行に出るときは、ああだこうだと文句をつけながらおべんとうを作らせ、できたてのホヤホヤを、ほかのものは忘れても、たいせつに胸に抱えて汽車に乗り込み、ガタンと発車したとたんにムシャムシャやりだすのが趣味らしい。

病気で入院しても、私は仕出し屋のおかみさんよろしく、三度三度おべんとうを作っては病院へ通った。撮影所行きのときももちろんおべんとうを持たなければきげんが悪い。好きなおかずは塩ざけ、キンピラゴボウ、だし巻き卵、牛肉のショウガ煮で、これさえあれば文句は言わない。それを各々味が交じらぬようにカップケーキ用の銀紙容器へチョコチョコと入れるのだ。

中身のほかに外側のほうもなかなかおしゃれで、アルミのおべんとう箱などは見向きもしないから、容器はいろいろバラエティに富んできて、わが家の台所はべんとう箱だらけになった。

私は弁当屋のおかみさんである。

百合花の弁当箱

弁当箱というと、すぐに思い出されるのは、映画『二十四の瞳』の「百合の花の弁当箱」の件《くだり》で、私はこのシーンがとても好きだった。脚本にはこうある。

SNo. 109　松江の家の中
狭い座敷の場で、松江の母と赤坊が寝ている。父は飯をかきこんでいる。松江は弁当をつめている。

松江の母　お父っあんのは、柳行李ぎゅうぎゅうにつめこんであげよ、お前のは軽く入れてな、大きい弁当箱じゃけん

松江　お母さん、百合の花の弁当箱、ほんまに買うてよ、いつ買うてくれるん?

松江の母　お母さんが起きられたらな
松江　起きれたら、その日にすぐに？
松江の母　まあ、ちょっと待ってくれ、誰が銭《ぜに》はらうんじゃ、お父っあんにもうけてもろうてからでないと、赤恥かかんならん
松江の父　よしよし、買うてやるとも
松江　お父さん、ほんま？
松江の父　よしよし、そうあわてるない

ガブリとお湯を飲んで、土間におりる。

松江の母　今日一日だけ休んでおくれんかの、どうも工合がよくないで
松江の父　松江を休ませりゃえゝ、この不景気に遊んじゃおれん一日だって……

地下足袋をはき、道具箱を肩にして出て行く。

松江　いってらっしゃい
松江の母　お前も早うせにゃ、学校おくれるが……休まんでもえゝ、今日は六年生になるはじめての日じゃもん……だけんど、遊ばんと戻ってくれな
松江　はい
松江の母　これからお父っあんのいるところで、弁当箱のこと言うたらあかんぞ
松江　……
松江の母　お父っあん、仕事がへって困っとるさかいのう
松江　でも、マアちゃんやミイさんのような百合の花の弁当箱、六年になったら買うてやるって、お母さん約束したもん、うち、こんなん恥かしい……

うらめしそうに取りあげたのは、古い昔の柳行李の弁当入れである。

このあと、松江の母が死に、続いて赤ん坊も死んで、松江は大石先生の心づくしの「百合の花の弁当箱」を使う間もなく、高松の小料理屋へ奉公に出されてしまう。当時、昭和三年とあるから、アルマイトの弁当箱は八十銭ほどの値段だったろうか？

一個の弁当箱さえままならなかった当時の日雇い労働者の生活の苦しさを、原作者「壺井栄」は、怒りをこめながら、優しく柔らかな文章に包んで表現している。子供の頃から映画界で働いていた私もまた、松江のようにロクに学校へ通うヒマもなかったけれど、それでもアルマイトのお弁当箱はちゃんと持っていた。撮影のない日、久し振り（？）に学校へ行く日には、母はいそいそとして、私のために弁当を作ってくれた。おかずは塩鮭と卵やきか、ご飯の上に焼き海苔を敷きつめた「のりべん」のワンパターンだったが、ハンカチに包んだ弁当はズッシリと重くて、「さあ、学校へ行ってくるぞ」という気を起こさせた。

昭和十年当時、市場で精進揚げが一個一銭、コロッケが三個で十銭のころだから、アルマイトの弁当箱は一円ほどだったと思う。冬場、学校の教室の隅には古ぼけた石炭ストーブがチロチロと燃えていて、昼食時間近くなると、生徒たちはアルマイトの弁当箱を競ってストーブの上に載せて、弁当を暖める。ご飯やおかずの蒸れる、混然としたいい匂いが教室の中にただよいだすと、おなかの虫がグウグウと鳴きだして、恥ずかしくて困ったことを、昨日のことのように思い出す。ごくタマにしか学校へ行けなかったからこそ、こんな印象も強烈に残っているのかもしれない。

私の夫は無類の弁当ファンで、撮影所へ行くにも他のものは忘れても弁当だけは絶対に忘れない、というへんな男である。だから弁当箱も蒔絵のお重から最近流行《はや》りの保温弁当箱まで、十幾つも持っている。松江が恥ずかしがった柳行李の弁当入れも、夏場におむすびなどを入れると蒸れなくて、なかなか工合がいい。

ただし、蒔絵のお重もプラスチックの弁当箱も、柳行李も、ストーブの上に載せて暖める、というわけにはいかないし、蓋を茶碗代わりにしてお茶を注いで飲むというわけにもいかない。とすると、弁当箱はやはりアルマイト製が最高ということになるのかしら？

キンピラゴボウ

昭和五十八年現在、「飲食店」と称する店は、全国で八十万店、東京だけで約十二万店あるという。それだけ人々の外食人口が増えた、ということだろう。

東京はたしかに日本の中心地ではあるけれど、もともと料理という料理などなかったところへ、野良からやって来たアンちゃん、ネエちゃんが集まったビッグカントリー（ビッグシティに非ず）である。だから東京には日本国中の舌が寄り集まっているはずなのに、それがゴッチャに入り乱れて、昨今の板前やコックの料理も手さぐりなら、食べるほうもまた、「こんなものかね」と半分あきらめながら、どうした教育の手違いか、グリーンピースや御飯を無理矢理フォークの背中にのっける作業でせい一杯。にぎりめしがハンバーガーに変わっただけで、味のほうはいっこうに進歩がない、どころか、どんどん下落の道をたどるばかりである。

なんせ、私の気に入らないのは、日本国でありながら、ちゃんとした「日本料理」がバカ高くて口に入らない、ということだ。もちろん東京にも美味い日本料理店がないこともない。が、材料プラス調理プラス味、と揃えばフルコースでウン万円がとこが軽くフッ飛ぶのだからビックリ仰天である。にぎりのおすしにしても、最高のトロなんざ、一個千円ときては、社用族ならともかく、まともな人間には手も足も出ず、かわりにペロッと舌でも出して退散するよりしかたがない。

だからといって、一流を素通りし、二流で間に合わそうとしてみても、二流で、これが日本料理です、と言えるほどのものはなく、せいぜい「とんかつ」か「焼き鳥」くらいのもので、それも名古屋コーチンや鹿児島の黒豚というわけにはいかない。あとはガクンと落ちて、衣だくさんの天丼か、ヒモノのような鰻どんぶり、おでんの類いになってしまうのは、いったいどうしたわけなのだろう？

薄味好きの私には、東京の甘辛い味よりも、京都や大阪の、いわゆる関西風の味つけのほうが性に合っているらしい。それに、関西ではウドン一杯、親子丼ひとつにも、まだまだ誠意が感じられて、後悔がない。「京都の人間はケチどすねん」と、京都の人が言うのだから、たぶんそうなのかもしれないけれど、ケチまた結構で、京都にはケチの生んだ料理やおばんざい（おそうざい）の味が確立されている、と私はおもっている。札ビラ切って、不味いものを「不味い」とも言わずに食べている東京の人間は、関西の人から言わせると、「味ないお方やなア」ということになるのだろう。

京都や大阪は、東京よりせまい。「不味い」と評判が立った店には二度と足を運ばないし、その前に客のほうから文句が出る。客に文句を言われて怒るような板前には進歩がないから、そういう板前は自然と消えてゆく。お客の舌と板前の腕が、丁々発止と取っ組みあい、話合いが成されなければ、料理に進歩は望めないのだ、とおもう。

東京には「ビジネス」はあっても「話合いの場」は少ない。大切なへそくりまで投じて、「食べる会」に参加している奥さんがたにはぜひ、板前さんやコックさんと話合いをしてほしい、とおもう。おおいに褒め、おおいに不平を言って、料理人の啓蒙に一役買っていただきたい、とおもう。作るほうも食べるほうも、はじめからナゲていたのでは、その内に日本中の料理はただのエサになってしまうだろう。

これは、家庭料理にもいえることで、街の書店には美しいカラー写真入りの料理の本が、これでもか、これでもか、という感じで並んでいるし、テレビでも料理番組が多い。けれど、これらもまた一方的で、話合いの場ではない。女房が黙って料理を作り、亭主が黙って食べて寝てしまうのでは、女房も面白くないから、「ええい、今日はインスタント食品で間に合わしちまえ！」ということになる。

どうやら、昨今の父親よりも、昔の父親のほうが、一家の長たる権威に満ちていたようである。例えば食卓においても、家族のおかずに加えて、父親だけのための一皿が必ず用意されていた。たいていは酒の肴の一品で、あるときは刺身であったり、あるときはちょっとしたあえものであったり、と、ささやかな一品でも、それが「お父さん、今日も一日お疲れさまでした」という、妻の心ばえだったのである。居並ぶ子供たちも、「お父さんの一品」を、当然のこととして認め、決して「クソジジイ、それ、よこせ！」なんてことは言わなかったようである。

このあいだ、私の知人のサラリーマン氏がこんなことを言っていた。

「僕の夕食なんて、哀れなものですよ。たいていは子供の弁当か昼食のおかずの残りでね。なんでもかんでも子供優先なんだから、僕なんか下宿させてもらっているようなもンですよ。父親の権威、地に落ちたり、なんて言うけれど、家族のために月給を稼いでくるのは、昔も今も父親なんですからね。これ、いったい、どうなっているんだろう」

どうやら、この家族にもまた、話合いが足りないのではないか？　と、私はおもった。

インスタント食品といえば、本場のアメリカのスーパーマーケットにはさすがに品数が多い。が、どのマーケットも内容はほとんど同じで楽しみが少ない。というと、全アメリカ人が毎日同じものを食べているようだけれど、そうではなくて、アメリカの主婦たちは常に「持ち寄りパーティー」を開いたり、「料理のレセピーを交換し合う会」を持ったり、同じ材料でめいめいが料理を作って試食をしたり、と、家庭料理のレパートリーを増やすことに必死の努力をしているらしい。「レディーファーストの国に生まれた女性は羨しいわ。男の人には親切にされるし、イバっていられて。食事の支度だってインスタント食品でチョコチョコッと作るんでしょうね」とおもうのは大間違いで、アメリカのハウスワイフは家中をピッカピカに磨きあげ、時間があればパートタイムで働き、夫とパーティーに出るための話題の仕入れから子供たちの躾、と、八面六臂の活躍で、彼女たちはもしかしたら、私たち日本女性よりもずっと働き者の努力家なのではないか、と、私はいつも感服させられている。食品の値上がり反対、欠陥食品の不買運動などでも率先して立ち上がるのはいつも主婦である。

最近は、「男子厨房に入ろう会」などというヘンな会が出来て、いいトシをしたオッサンがイソイソとじゃが芋の皮などむいてニッタリしているけれど、あれは単なる男のストレス解消、レクリエーションであって、家族の食事のために三百六十五日、台所で腕をふるってくれるわけではない。台所の実権はどこまでいっても女性にあり、食料品の購入も主婦の肩ひとつにかかっている。材料選びに眼を光らせ、鋭いハナでインチキ商品を嗅ぎ分け、確かな舌で美味い料理を作らなければ家族を家に引きとめておくことはできない。ややこしいフランス料理に挑戦するのも結構なことだけれど、日本中の主婦が一品ずつでも、これは、という得意な日本料理を会得したら、少なくとも日本料理だけはエサになり下がらなくてもすむのではないかしら？

「うちのかアちゃんのキンピラで一杯やるか」なんていうセリフを亭主に言わせてみるのも、女房としては決して悪い気持ちはしないものである。

ふきん

「日本エッセイスト・クラブ賞」の受賞以来、めったやたらと講演依頼の申し込みが多くなった。

「アノですね。聞いてください、もし、あなた。〝書ける〟から即〝喋れる〟というものではないのです。第一、あのものものしい机の前に孤独にブッ立って、広い客席に向かってオハナシをするなんて、カ、考えるだけでも、ソ、空恐ろしくて、身の毛がよだつおもいです。とてもじゃないけど私の任ではありません。堪忍、許して、御免なさい」

とかなんとか電話の受話器に向かって、ペコペコと頭を下げながら断わり続けている内に、とうとう断わること事態がシチ面倒くさくなっちゃって、何時の間にか「恥ずかしながら」と演壇へ上がるようになり、最近《いま》では「講演旅行」とやらで、今日は東へ、明日は西へ、と走りまわる身の上になり果ててしまったのだから、全く、人間の意志なんてヤツは当てにも頼りにもなったものではない。

講演会は、たいてい○○婦人会とかカルチャーセンター、デパートのレディス・クラブなどの催しだから、御客様の中には、「昔からのファンなのよ」と言ってくださる、私と同年配の御婦人も少なくない。往年のスターだった私も、そのファンであった彼女らも、共に老いて、もはや「年の名残《なごり》も心ぼそけれ」という状態にあるからこそ、そして、「お互いに、よくぞ今日まで生きたねェ」という暗黙の感動が加わるからこそ、その出会いはいっそう味わいの深いものになるのかもしれない。

その昔、映画界はなやかなりし頃の私もまた、若々しく華やかな存在だった。日夜、ファンから贈られる花束や人形、豪華なバースデー・ケーキに囲まれた私は、色ならさしずめ明るいピンクといったところで、生活の匂いとはおよそほど遠いところにいた。

そして、それから何十年という歳月が過ぎて、現在六十歳になった、色ならさしずめラベンダーといった私が、オールドファンから贈られるプレゼントは、例えば手編みのストールであったり、湯呑み茶碗であったり、ガマ口につける小鈴であったり、と、生活の匂いそのものといった品物ばかりである。

　つい最近も、講演会のあとの大パーティーで、私の背後からツと和服の袖がのびて、その私の手に小さな紙包みが渡された。「あ！」とおもって振り向いたときはもう、その女性《ひと》の姿は人込みの中に消えていた。宴会が終わってホテルの部屋に戻り、紙包みを開いた私はおもわず眼を見開いた。プレゼントは、白木綿に刺し子をほどこした小型の「ふきん」だった。

　華やかな金ラメのロングドレスの膝に置かれた二枚のふきんは、電気スタンドの光を眩しそうに受けながら、優しい恥じらいをみせて息づいているようだった。

「ふきん」を贈ってくれたあの女性《ひと》は、何処の何方やら見当もつかず、お礼の言葉も言うことができないけれど、手作りの「ふきん」を贈られるような老女になった自分自身を、私は嫌いではない。

　生きていて、よかった。

紅入れ

一年のうちで、いちばん郵便が来るのはやはり一月だろう。自分では年賀状を書かないくせに、たくさんの年賀状の中からふとなつかしい名前を見つけたときはやはりうれしいのだから、かってなものである。

戦前から現在《いま》に至るまで、差出し人の名前のない年賀状が一枚来るが、いつの間にか特徴のある字を見覚えてしまって心待ちにするようになった。羽を広げて飛んでいる小さなはとの絵がその人のサイン代わりらしく、そのはとを見るたびに「ああ、ことしもご無事で」などと心あたたまる気持ちになる。

ほかにも一度も会ったことがないのに、文通だけのおつきあい（?）をしている人も幾人かあり、つくづくと人間と人間のつながりの不思議さを思う。

タッチングというのか、「袖触れ合うも多生の縁」なんていう古い言葉が浮かんで

くる。

毎朝、大量の新聞といっしょにドサリ！　と運び込まれる郵便物の大半は、私にとって迷惑でしかない何かの広告である。それらはただちに大きな洗濯かご（このかごがいっぱいになると焼却器を通過してすべてが煙になるという寸法）にたたき込むとして、なんとなく返事を書きそびれたり、返事のしかたを考えたりしている手紙がみるみるうちにたまってしまう。

仕事が続いたり、旅行をしたりすれば、もはや手おくれになり、収拾がつかなくなる。それゆえ、こうした手紙を入れておく文箱はなるべく小さなものにしている。これ、すなわち、整理整頓のコツである。

この箱は昔、京都の舞妓さんが貝殻にはいった玉虫色の口紅を入れたものだとか、御馳走を入れて御近所に配った、とかいういれこの容器だが、黒地に赤い縁のちょいと色っぽいのが気に入って、私は手紙を入れる箱にしている。

「なんやねん、うちポストと違うで。手紙ばっかりぎょうさんつっこんで、ほんまにいけずやなァ」――文箱はブツブツ言いながら、それでも外国郵便の珍しい切手などを横目でチラリとながめ、まんざらでもなさそうである。

天眼鏡

〝天眼鏡〟。なんと、古くさく、なつかしく、こっけいな名前だろう。

辞書をひいたら、「物体を拡大して見るための凸レンズ。拡大鏡。あるいはルーペともいう」と記されている。拡大鏡。ルーペ。虫めがね。だが私はなんとなく〝天眼鏡〟という大時代な名前がいちばん好きだ。

考えてみると、物の名前というものは実におもしろい。たとえば〝万年筆〟という名前にしてもずいぶん大げさでユーモアがある。長いジクに、すぐに摩滅してダメになってしまうペン先をつけ替えてはインクつぼにつっ込みながら字を書いていたわが祖先たちが、中にインクを入れさえすれば驚くほど長時間書けて、おまけにキャップをはめればインクがかわかない、というこの便利なものを手にしたときの新鮮な驚きが、目に見えるようである。

「こりゃ、たいしたものだ！」と、新しいペンをひねくりまわしている彼等の声さえ聞こえるようである。そしてその喜びは万年も書ける〝万年筆〟という大げさな名前となってこのペンに名づけられたのだろう。

また、たとえば、棒の先に細くとがった刃のついたきりのようなもので〝千枚通し〟という便利なものがある。「重ねた紙を千枚だって貫けるぞ！」というのだから、これもオーバーな愛嬌のある名前である。

万年筆も、天眼鏡も、千枚通しも、それは、つまり、昔の人たちが一つの物に対して実にナイーブな感情を持って接していたということなので、それにひきかえ、このごろの私たちは、新しいものや珍しいものに対して、慣れすぎたとでもいうのか、少々の刺激にはビクともしないすれっからしになってしまった、ということなのだろう。習うより慣れろ、というが、慣れすぎて、習うほうの謙虚さがお留守になっているようである。人間とはまったくあさはかなものである。

さて、私が天眼鏡に興味を持ったのは、何年か前に外国でおみやげ物を物色していたときだった。わが家の年とった女中さんが電話帳を見るときに小さな虫めがねを使っていたことを思い出して、その人のためにイタリア製のしゃれた虫めがねを買った

のがはじまりだった。

私は、主人の口述筆記をしているので、辞書をひく機会が多い。辞書の字は、のみのごとく小さいので、近眼の私には鼻がつかえるほど目を近づけなければ文字は見えない。最近はおトシのせいか、鼻の下をのばしても眉をさか立ててもますます見えにくくなってきた。そこで、あるとき、ふと思いついて、電話帳のそばにある彼女の虫めがねをちょいと失敬して辞書の上にかざしてみた。以来、虫めがねは私の必需品の一つになったというわけである。これさえあれば、私はバアサマになっても主人の口述筆記はスイスイだ、とうれしい。

楽屋着

私はどちらかというとチビの部類に入る。顔も小さく、目鼻立ちも控えめ？　で、土臭い出来だから、パッと華やかな柄の着物など着ても借り着のようで全く似合わず、悲しい。

私の着物はほとんどが無地に近い地味なものばかりで、その代り、帯は色も柄を吟味して楽しんでいる。

少女の頃、私が一番気に入っていた着物は、農家の少女が野良仕事に着る木綿のニコニコ絣で、紺地に井げた模様の絣の着物に赤い帯をしめて、ちょっと得意だった。

娘になってからは、男物の薩摩絣に黄色い帯を合わせたり、お婆さんが着るような細かい絣を買って呉服屋さんを驚かせたりした。

私はよっぽど絣が好きなようである。

西欧人が、流行に関係なく水玉模様やペイズリーを愛するように、日本人にとっての絣模様は郷愁のような愛着を持たれているのかもしれない。

私は、五十年余りも映画女優をしてきた。私の通勤着兼、楽屋着は、これまた、紺地に絣模様のウール一反で仕立てた単衣の着物とちゃんちゃんこである。着物はつい丈だから細帯一本で間に合うし、袖なし羽織は軽くて肩がはらない。ウールだから汚れたらサッサとドライクリーニングに出せばいいし、乱暴に扱っても惜し気がない。朝、起きぬけにパッとひっかけて撮影所に出かけ、パッと脱いで衣裳に着替え、仕事が済んだらまたパッと羽織って車に乗る……。そんな生活を、何年、何十年も続けていたのだから、この絣にもずいぶんとお世話になったわけである。

近ごろは、家庭で和服を着る人はほとんどいないらしいけれど、洋服でいえばアッパッパのような、こんな着物なら、家庭着としても意外と便利で調法かもしれない。この冬には久しぶりで、タンスの中に眠っているウールの一着を呼び出して、着てみようと思っている。

オシッコをする少女

藤田《ふじた》嗣治《つぐはる》先生にはじめてお会いしたのは、昭和二十五年、私が最初のパリ旅行をしたときだった。食事、買物、ドライブ、散歩、と、ずいぶん可愛がっていただいた。その後、パリ住いの先生と、東京住いの私は、数えるほどしか会ってはいないけれど、文通だけはずうっと続いていた。

藤田先生の手紙は、白い便箋に9ポ活字ほどの小さい字がびっしりと並び、おまけにチビチビとした絵入りでちゃんと色までついていた。

あるとき、便箋の間からハラリと小さな紙が落ちた。

小さな女の子がオシッコをしている絵で、手紙の追伸に、「お秀がオシッコをしているところ。へへへ」とあった。

「フジタセンセイ、なんて言うのやめてよ。名前なんかなんだっていいんだよ。例え

ばヘチャプリでもいいよ」と仰っていた先生は、いつも手紙の終りに「ヘチャプリ大王」とか「パリのヘチャプリ」とサインをされていたが、昭和三十四年にカトリックの洗礼を受けてからは、「レオナルド大王」とか「パリ・レオナルド」というサインに変った。

昭和四十一年。八十歳になった先生は、ランスの教会の大壁画に全精力を打ち込んだ。

「寒い寒い教会の中に組まれた高いヤグラに登って、天井に絵を画いていると、すぐにオシッコに行きたくなる。でも、下まで降りるのは面倒だから、ついオシッコをがまんするので、どうも工合が悪いよ」

先生からの便りはそれきり途絶え、膀胱炎のためにパリで入院された、と、ひとに聞いた。

私はこの絵をみるたびに、「ヤグラの上に子供用のオマルを置いておけば、先生は膀胱炎なんかにならなかったのに……」と、藤田先生の死が口惜しく、悲しい。

テーブル・マナー

天下太平のせいか、最近は日本人の中にも食いしんぼうが増えたらしく、書店の棚は美しいカラー写真入りの料理の本で一杯である。にもかかわらず、日本の、特に男性がたは、もうひとつ、レストランのメニューに弱い。ボーイさんにメニューを渡されたとたんにパタリとメニューを閉じて、「お任せします」なんて言う人が多いのは何故かしら？　と、ふしぎでならない。肉がいいのか魚が食べたいのか、くらいの意志はあってもよさそうに思うけれど、「サラダは如何？」「ハイ」、「デザートはメロンですか？」「ハイ」と、さんざん世話をやかせたあげく、結局は手をつけずに残したりするから、御馳走をするほうは気がぬけて、つい不機嫌になってしまう。御馳走をするほうとしては、御馳走をしたいからしているのだから、好きなものを好きなように召し上がって頂くほうがこちらもはりあいがあるというものである。

そこへゆくと外国人は、レストランへ入って来る足どりからして、「食うぞォ」という意気ごみが感じられ、一心不乱にメニューに取っ組み、料理が気に入れば無邪気に喜び、不味ければ正直に意見をのべる。勘定書が来れば、チラと横目で見るだけでサッサとお札を出す日本人とは違って、計算に間違いがないかを丹念に確かめてからでないと財布を出さない。どっちがいいか悪いかは、国民性や習慣のちがいもあるから、どうこうは言えないけれど、私の好みから言えば、「食べる」目的でレストランへ入ったからには食べることに専念し、せい一杯食事を楽しむ西欧人や中国人のほうに好感が持てるし、それがレストランへのエチケットというものじゃないかしら？　と思う。

エチケットと言えば、私の友人のアメリカ人は、数多い姪や甥のバースデー・プレゼントは一流レストランへの招待に決めている。日本語のタドタドしい彼の言葉はこうだ。

「エチケットや食事のマナーがキチントシナイ人は、ドコへ行ッテモミットモナイシ、ジブンも恥ズカシイデショ？　ダカラ僕、姪や甥が若イ内ニ、メニューノ読ミ方、ワインの選ビカタ、オーダーの仕方、教エルノ。コレ、招待デナクテ、教育のプレゼント」

こんなしゃれたプレゼントを贈る叔父さんを持つ姪や甥は本当にしあわせだと思う。日本でもちょっと真似をしてみたらどうかしら？

めがね

あれは何処の劇場だったか、演目《だしもの》は何だったのか、みんな忘れてしまったけれど、忘れられないのは、あの日のコーちゃんである。私はその日、コーちゃんの舞台を見に行った。開演前に楽屋へコーちゃんを訪ね、メーク・アップをする鏡の中のコーちゃんと冗談を言いながら笑っていた。開演十分前のベルが鳴ったので、私は「さァて」と立ち上がってハンドバッグをまさぐった。眼鏡が無い。私はど近眼である。眼鏡がなければ舞台もコーちゃんもボケボケにかすんで、なにひとつ見ることはできないのだ。

「コーちゃん、ダメだ、私、眼鏡忘れてきちゃったよ……」

いきなりコーちゃんが立ち上がり、楽屋着のまま廊下へ走り出て行った。どこへいったのかな……と、私は飲み残したコーヒーをすすりながらコーちゃんを待った。

「あった、あった……」

と、コーちゃんが駆け戻って来た。その両掌に、男もの、女ものの眼鏡が、なんと七つものっていた。

「どうしたのさ？　それ」

「借りてきてやったんじゃない、あんた眼鏡忘れたって言ったろう」

「誰から？」

「裏方さんから。大道具、小道具、美術さん、衣裳部さん……眼鏡かけてるヤツって多いんだね」

「みんなの眼鏡はずしてきちゃったの？」

「そうだよ、どれか合うだろ」

「冗談じゃないよ、みんな困ってるよ」

「大丈夫だよ、三時間くらい眼鏡がなくたって死にやしないさ、へへ」

楽屋の表にガヤガヤと人が集まっている。コーちゃんに眼鏡をはずされた裏方さんたちが、不安そうな眼つきで立っていた。

その中の眼鏡を借りて、コーちゃんの舞台を見たかどうかも、忘れてしまったけれど、心に残っているのは、突発的、衝動的、親切のかたまりみたいなコーちゃんの人の好さ、オッチョコチョイさかげんである。そのコーちゃんが、死んでしまった。

コーちゃんよ。お前さんが死んじゃって、デコちゃんは困っているよ。お前さんが生きていたころはさほど困りもしなかったのに、いなくなったら毎日毎日お前さんのことを思い出して、日頃あんまり出ない涙まで出てくるんで全く困っている。つまり、淋しいってことなんだね、こういうのが。

私たち、コーちゃんとデコちゃんのつきあいなんて、二人が生きた五十六年間の中の、日数にすれば、そう、通算して五十日足らずのことだったけれど、伝法な口のきかた、意外と人見しりするところ、あんまり利口じゃないところ、計算に弱いところなど、二人は似たところがたくさんあったよね。

計算に弱い私をつかまえて、コーちゃんは「ネ、デコちゃん貯金ある？　私ないよ。貯金ってしてみたいなァ、どうすれば貯金ができるの？」なんて、子供みたいなことを言っていたけれど、その後、あこがれの貯金がどうなったのやら、聞いてみようにも、もう、コーちゃんはいない。子供っていえば、コーちゃんは有名な浪費家でさ、お金も持たずに贅沢な衣裳やアクセサリーを買い散らかして歩くので、マネージャーの岩谷時子さんが無い袖を振りながら、あちこち飛びまわって借金のあと始末に青息吐息、「ほんとうに、子供みたいな人でねぇ……」って苦笑いしてたから、まあ、貯金は無理だったかもしれないね。

シャンソンの女王、越路吹雪っていえば、高価なコスチューム、ゴージャスなステージ、こぼれるような笑顔と魅力的な歌声、貫禄充分な大アネゴっていうのが観客のイメージだけれど、舞台からおりて楽屋へ入ったコーちゃんは、精根使い果たしてボロボロに疲労し、しぼんだ風船みたいになっちゃって、このままバッタリ倒れて昇天しちまうんじゃないかって、周りの人がいつも心配していたくらいだってね。たぶん、客席の拍手が大きければ大きいほど、コーちゃんの疲労もまた、雪ダルマを転がすように大きく、大きくなっていったにちがいない、と私は思うけど、違う？　それは、私たち芸能人が持つ当りまえのことかもしれないけれど、コーちゃんのように、ただ真ッ正直で要領の悪い人には、歌う喜びより責任の重さのほうが、コーちゃんをがんじがらめにしていたんだろうね。

ホラ、おぼえてる？　東宝撮影所の結髪部で、コーちゃん膝小僧をさすりさすり言ったっけね。

「このごろ膝小僧に水が溜るんだよ、お医者に注射器で水を抜き取ってもらうと、そのときは楽になって踊れるんだけど、また倍くらい水が溜っちゃうの」

「そんな膝で、バタバタ踊ることないじゃないの、しょうのない人だ」

「そんなこと言ったって、私なんか踊るか歌うしかしょうがないんだから、しょうがないじゃないか。じゃ、どうすりゃいいのサ」

「……」

踊っては疲れ、歌っては疲れ、のくりかえしを続けるコーちゃんを見るたびに、私はまた、二人の初対面のときの会話を思い出して、チクリと胸が痛んだものだった。

コーちゃんとデコちゃんがはじめて会ったのは、昭和二十五年の秋、だったかしら？　おなじ年の宝塚スターと映画女優の顔合せとやらで、あれは、たしか婦人雑誌の正月号のための対談だったよね。

対談の前に、私ははじめて舞台の越路吹雪を見て、心底仰天しちまった。コーちゃんは男役でカウボーイの扮装をしてたっけ、お芝居のほうはあんまり感心しなかったけれど、歌の上手さといったら、全くズバ抜けて素晴らしかった。

対談が終ってから、料亭だかどこだか忘れたけど、とにかく廊下があってさ、その廊下で別れぎわに、私言ったんだよね。

「越路さんは宝塚からハミ出している人だと思うの。もっと広い大きな場所に出て歌ったらどうですか？」

「そんな話がないでもないけど、こわいなァ。ウーン……じゃ、やってみようかな」

コーちゃんはテレたように顔を赤くしてそう答えたっけ。でも、いま思うと、私はあのとき余計なことを言ったような気がしないでもないの。

それからほんの何ヵ月か経ったとき、コーちゃんは突然宝塚から飛び出して、ミュージカル「モルガンお雪」で華やかにデビューしたのだった。モルガン役が古川緑波さん、そして若かりし森繁久彌さん、お雪役の越路吹雪さん。三人の、なんとも魅力的なステージは、いまでもハッキリと私の脳裡に焼きついています。二丁拳銃のカウボーイ姿から、水もしたたる芸者姿に変身したコーちゃんは、美しくて上手で、帝劇の舞台がパアーッと明るくなったっけ。

「やったな、コーちゃん」と、私の鼻までピクピクするほど、あのときは嬉しかったよ。

当然のことだけど、コーちゃんとデコちゃんは結婚前には独身時代ってのがあったよね。コーちゃんはいつも、トツゼンというかんじで私の家へ泊りに来たっけ。夜の夜中に、ジリジリと電話が鳴る。「モシ、モシ、私、河野ですけど……」という小さな猫撫で声はコーちゃんである。

「なんだ今頃、いま何時だと思ってる！」

「だってサ、眠れないんだもの、あんただって起きてるじゃない」

「私は寝てますよもう、電話が鳴ったから起きたんですよ」

「だから、つまり起きてるじゃない。とにかく、いますぐ行くよ」

そして寝巻きを胸にかかえてタクシーで飛んできては、私のベッドにもぐり込んだっけ。ベッドに入ったといっても眠るわけではない。「ネ、ブランデー、あるだろ、持ってきてよ」と、私をコキ使う。私は当時、酒をのまなかったから、コーちゃんの相手はできなかったけれど、友人の米軍兵士にＰＸで買ってもらったブランデーやウイスキーを持っていた。コーちゃんは、私からブランデーの瓶とグラスを受けとるとイソイソと起きあがって、ベッドの背板にもたれて、グイグイとブランデーを飲みはじめる。私は眠い。いや眠くなくても眠らなくてはならないのだ。明日もまた早朝に撮影所へゆかなくてはならない。寝ぼけヅラをステージに持ち込むわけにはいかないのだ。……二時間もたつと、コーちゃんもそろそろ出来上ってくる。

「オイ、眠っちゃいかん。あんたが眠れないって言うから、来てやったのに……」などとグズグズ言っているけれど、私は寝たふりをして返事をしてやらない。ブランデーの瓶が大方カラに近くなると、コーちゃんはやっとグラスを置き、掌一杯の睡眠薬をあおって、やっと床についた。

静かな部屋の中で、となりに眠っているコーちゃんの、トントコトン、トントコトン、という、かすかな心臓の音を、寝そびれた私は耳をすまして聞いていたっけ。コーちゃんはあの頃からひどい不眠症だったよね。

朝になると、コーちゃんはボーッとした顔をしながらも、「これからレッスンにゆかなくちゃ」と言って、ふらりと玄関を出て行った。なんだか淋しそうだった。思えばコーちゃんにとってあの頃は、八方破れ。嘘と落し穴ばかり掘る苛酷な芸能界は、温床のような宝塚時代に比べれば、いろんな意味で辛い毎日だったのかも知れないね。私のお古のロングドレスを喜んで貰ってくれて、ステージで着ていたのも、あのころだった。いつまで経っても、二人とも貯金ができなかったね。

私が結婚したのは、昭和三十年だった。貧乏だったので、披露宴のお客様はたったの二十六人。コーちゃんは、め一杯のおめかしをして出席してくれたっけね。

コーちゃんとデコちゃんは大正十三年の子《ね》年生まれ、コーちゃんは二月生まれでデコちゃんより一ヵ月先輩なのに、コーちゃんはふざけると、いつもデコちゃんを「お姉《ネエ》、お姉」って呼んでいた。

披露宴で、私のウエディングドレスをひっぱりながらコーちゃんは言ったね。

「お姉、うめえことやったなァ、いいお婿さん見つけてさ、私も真似しようっと」

それから四年後の昭和三十四年、コーちゃんは、内藤法美《ツネミ》さんという素敵な青年と結婚した。

ねぇ、コーちゃん。私の結婚も倖せだったけれど、コーちゃんの結婚も倖せだったよね。コーちゃんという花は、ツネミさんとの結婚によって、いっそう豪華に開花したんだもの。コーちゃんだってそう思うだろ？

舞台の上のコーちゃんは大輪のバラみたいだったけれど、素顔のコーちゃんは、まるでタンポポの花のように可憐で素朴な人だった。八百屋や魚屋にも自分で買いものに行って、お前さんのツネミさんのために料理を作る、優しくけなげな奥さんだったものね。でもサ、とつぜん電話をかけてきて、「ネエ、雑巾のしぼりかたってての教えてくれイ」なんて言ってたから、家事のほうはあまり得意じゃなかった様子だけど。

「雑巾がしぼれないなんて、ほんまにアホとちゃうか？　両手に持ってヒネればいいんだよ」

「分ってる、でも私がヒネるとね、なんだかネジくれて元へ戻らなくなっちゃうの」

「ヘンだねぇ」

「ヘンだよゥ、全く……とにかくお巡りさんにつかまったみたいになっちゃうの」

「？……」

コーちゃんが入院したとき、うちの夫・ドッコイが真剣な顔をして言ったの。「コーちゃん入院したぞ、どうにかしなくていいのか？」って。私は返事をしなかった。どうにか出来ることじゃない。誰にでも愛されて、なにひとつ悪いこともしなかった、あんなに底ぬけに良い人が、そんな悪い病気にかかる筈がない。すぐにケロリとなおって退院してくる、そうに違いない……私は、そう信じていた。でも、コーちゃんは死んじゃったんだってね。

十一月七日。コーちゃんが眼を閉じた日、私は仕事で仙台にいたの。そして八日は山形。だからお通夜にも行けなかったけれど、たとえ東京にいたとしても、私、お通夜に行ったかどうか分からない。だってコーちゃんの死に顔を見に行ったって、コーちゃんは生き返っちゃくれないだろう？　そして、ツネミさんの顔を見るのはもっと辛くて、意気地なしの私には到底、勇気が出ないもの。

十一月十日の夜、テレビでコーちゃんの舞台姿を見て、デコちゃんは一人で「オーン、オーン」って泣いちゃったよ。そして、思ったの。

「死んだのは残念だったけれど、人間は引き際が大切さ。コーちゃんって花は、まだ充分に美しく魅力的なときに散ったんだ。ドライフラワーになっちまって、もとシャンソンの女王なんて言われるより、サバサバ、サッパリとした、コーちゃんらしい見事な引退のしかただった」

そうでも思わなければ、とてもあきらめきれないよ、デコちゃんは。それにしても、コーちゃんのような良い人が、憎まれッ子の私より先に逝くなんて、ほんとうにもう「してやられた」っていう感じで口惜しいよ。

でも、ま、私もおっつけ、そちらへ参ります。もし、あの世というところがあるならば、二人はまた会えるかもしれないね。お前さんはいつも私に、「芝居は苦手だよ、デコちゃん教えておくれよ」って言ってたけど、そのときには落ち着いて、たっぷりと、私の知る限りの芝居を教えてあげようね。その代りにサ、私にも「歌」を教えて頂戴。あの上等な赤ブドー酒のような、芳醇でまろやかな、心にしみる、コーちゃんのシャンソンの秘訣を、誰にもナイショで、デコちゃんに教えておくれ！

ハンカチーフ

女性なら誰でも、少女時代の日々には美しいハンカチーフにお小遣いをはたいた思い出を持っているのではないかしら？

私も、いまから三十年ほど前、パリで半年ほどゴロゴロしていたときにはハンカチーフに心を奪われて際限もなく買い狂い、スーツの胸ポケットに黒無地のハンカチーフをのぞかせて、ちょっと得意になったりしたものだった。

最近は、デパートの売場にも輸入品、国産品のハンカチーフが、多種多様なデザインと華やかな色彩を競っていて、思わず足がとまってしまうほどの楽しさだ。けれど、繊細なレースや刺繡入りの小型ハンカチーフは、しょせんアクセサリーにとどまって、実用には向かない。

仕事柄あちこちと飛びまわる私のハンドバッグには何時の間にか、男性用の、それも特大型のローンのハンカチーフが納まるようになった。

あるとき、友人のアメリカの男性にハンカチーフを贈ろうか？　と思ったことがある。彼は「ノウ」と首を振ってから、こう言った。

「ハンカチーフハ、顔ヤ手ヲ拭イタリ、ハナヲカンダリスルデショ？　汚ナイ手ヲ拭イタハンカチーフデ、モシ、眼ヲ拭イタラ不潔デショ？　ハナヲカンダハンカチーフヲポケットニ入レルノモ不潔デス。ハンカチーフニハ、黴菌ガウヨウヨシテル。ダカラ、アメリカ人ハ、ハンカチーフヲ使ワナイノ。ダカラ、要ラナイ」

言われてみれば、お説ごもっともでギャフンとなった。なるほど、大きな音を立ててハンカチーフでハナをかんだり、くしゃくしゃのハンカチーフを取り出して流れる汗をぬぐったりするのは、ヨーロッパ人である。日本人の中にも、英国育ちや、フランスで生活をしたことのある人は、人前でも平気でハンカチーフで鼻を押さえて「ブーン……」とハナをかむが、あまりカッコのいいものではない。が、いったい誰がハナのついたハンカチーフを洗うのだろう？　と、もうひとつ気になるのが女心というものだ。

私が現在愛用しているのは、麻でも木綿でもない、紙のハンカチーフ、いえ、つまり大判の「紙ナフキン」である。紙ナフキンは汗や脂をよく吸うし、あるときは膝に広げたり、雨の日には汚れた靴をチョチョッと拭いて、そのままポイ！　と捨てられる。布のハンカチーフを洗って、干して、アイロンをかけて、四角にたたんで引き出しにしまう、という、手間と時間を考えると、こんなに気楽で便利なものはない。

紙ナフキンも、あちこちと探してみるとデザインのしゃれているものや、かなりの厚手のもの、大型のもの、などがあってなかなか楽しい。私がいま愛用しているのは、三枚重ねで、糸菊が浮き出た紙ナフキンである。行きつけの「天プラ屋さん」で使っていたのが気に入って、仕入れ先を教えてもらい、百枚単位で買っている。

外出先で用もなく、そのまま家へ持ち帰ってしまったときは、お化粧おとしに使ってお役ごめんになる。厚手で大判なので、ペナペナのティッシュ十枚ほどの役に立つからどっちにしても便利調法。とかなんとか言っても、ほんとうはおトシのせいで横着になった、ということかも知れない。

卵・三題

私の生母は、北海道の函館で亡くなった。私を産んですぐに結核に罹って長く入院していたから、私は母にダッコされた記憶もないし、母の面影すらよく覚えていない。三、四歳のころ、ときどき婆《ばあ》やに連れられて母の病室を訪ねると、いつも窓ぎわに生卵の入った籠が置かれていた。結核は、なによりも滋養をとって安静にしていなければならない、「金喰い病」などといわれた病気だから、昭和のはじめ当時には贅沢で貴重品とされていた卵は、母の命の糧ともいえる栄養源だったのだろう。

私の顔を見ると、母は必ず私に生卵を一個くれた。私は卵の上下に小さな穴をあけてもらって、ちゅうちゅう、と卵を吸った。中身のなくなった卵は掌から飛び立ちそうに軽くなり、私は両手でそうっと空の卵を包んだ。母はベッドの中からニッコリとして私を瞠《みつ》めていたが、私の肩は婆やの手で押さえられていて、母に近づくことは許されなかった。幼かった私が母のいる病院へ行く楽しみは、母に会えることよりも、大好きな卵を食べられる、ということだった。

四歳のお終《しま》いごろに母が亡くなって、養母の手に移った私を、養母はメリーミルクの缶詰と卵で育ててくれた。杯のように小さな茶碗に炊きたてのアツアツごはんが盛られ、その上にポンと卵の黄身だけのせてくれるのを箸でまぜると、みるみる内に卵が煮えて半熟になって黄色い卵ごはんになる。私はそのごはんを猫のようにピチャピチャと舌でなめた。ほんとうに、美味しかった。

その養母も、もう此の世にはいない。

結婚直後の春だった。私たち夫婦はアメリカへ旅行をした。あれはたしかロサンゼルスの空港の食堂だったとおもう。なぜ朝食をとったのかは忘れたけれど、私たちは「ソフトボイルドエッグ」を注文した。卵を運んで来たのは、みるからに優しげなおばさんウエートレスだった。卵は一人前が二個で、卵を割り入れるコーヒーカップがそえられていた。私たちは行儀よく膝に手を置いて、おばさんが立ち去るのを待っていた。おばさんはチラリと私たちを見ると、優しい笑顔になってついと私のスプーン

を取り、コツコツと卵の頭を叩いた。要領のいい手つきで四個の卵がつぎつぎと割られて黄身と白身が二つのカップに納まるのを、私は黙って子供のように瞠めていたが、「まるで、優しいお母さんみたいだな」と思った瞬間に、なぜか涙がこぼれそうになった。あのおばさんウエートレスは、日本人の私たちが半熟卵の食べかたを知らないと思ったのだろうか？　それとも、日本人は若くみられるから、行儀のいい兄妹とでも思ったのだろうか？　私にはわからない。どちらにしても、あの無言の親切は、いまだに私の胸の中で光っている。

ドアにノックがあり、「お早うございます」というお手伝いさんの明るい声と一緒に、朝食のお盆が運ばれてくる。仕事柄、夜の遅い私たちの朝食はベッドの中である。お盆はひとつで、お盆の上には果汁のコップがふたつとカフェオレのモーニングカップがふたつ、夫用のバターつきトースト半枚と蜂蜜とマーマレード、そして半熟卵が三個載っていて、お盆は私たちのベッドの間にあるサイドテーブルの上に置かれる。老眼鏡をかけて新聞を読んでいる夫の片手がのびて、果汁の入ったコップを取り上げる。冬の間はミカンが安いのでミカンのジュース。夏になると缶詰のトマトジュースに一山いくらのトマトが刻みこまれ、少量のウスターソースとタバスコソースを落としたトマトジュースに変わるのが、いつの間にかわが家の習慣になった。

私は卵の皿とカップをベッドの上に置いて、夫のために二個の半熟卵の殻を割ってカップに入れる作業に専念する。これも長い習慣であり、残りの一個が私の朝食なのもまた長い習慣である。

卵の殻は、ある日は白く、ある日は茶色く、大きかったり、小さかったり、丸かったり、細面だったり、と、いつも微妙に違う顔をしているし、卵の茹でかたも、卵の大きさやお湯の温度、時間、と、お手伝いさんのちょっとした手かげんで、ダラッとゆるすぎたり、トロリと工合がよかったり、茹で卵になったりする。茹で卵になっているときはツルリと殻をむいて塩と胡椒をまぶしてから、「ハイ、今日は遠足です」と言って夫に手渡す。これも十年一日、同じ台詞《セリフ》である。

私、卵割る人、夫、黙って食べる人……。結婚以来、こうやって私は夫のために、いったい幾つの卵を割ったことになるのだろうか。過ぎ去った、三十年という歳月が、急にズッシリとした重さで私に迫ってくるようで、私はいささか呆然となりながら、それでも相も変わらず、毎朝、卵を割り続けている。

水差し

「水をガブガブ飲むのは、アメリカ人とカエルだけよ」と、フランス人は言うが、そのフランス人ですら、東京の水はまずい、と言う。

東京の水は全くまずい。東京の水は、カルキのにおいのするザラついた水でいれた日本茶も紅茶も悲しくなるほどにまずい。しかし、フランスの水のように飲んでおなかをこわすことはないから、まだマシだろう。

パリで半年、下宿住まいをしていたころ、私は毎朝、洗面所のコップのまわりに石灰が白く残るのを見てゲッとなり、洗濯をしてもかわいたあとにギシギシとした白い粉がこびりついているのを見るたびに「日本へ帰りたい」とションボリしたものである。食料品店にはエビアンやビシーなどの水のびん詰めが並んでいて、「水のびん詰めなんてアホらしい、キザもいいかげんにしろ」と思ったが、このごろ日本でもなん

とかウォーターなどといって、ちょっとしたレストランでは、びん詰めのお水さまがまかり出ることになっているし、家庭にも普及しはじめた。つまらないところだけフランスに似たものである。

夏になると、私は東京から信州の山の上へ出かけていく。そこにはおいしい空気と水という、なによりのごちそうが待っている。

人間のからだの七〇パーセントは水分だというのに、せっせせっせと水を飲む。

夏の山は美しい。きらめく太陽と緑、おいしい空気と水、その全部が東京の人間にとっては〝ぜいたく品〟だ。

中身に信用がおければ、豪華な衣装や小道具は必要ない。山の水を入れるのに、切り子やクリスタルはかえってうっとうしいから不思議だ。

沖縄から、はるばる海を越えてやってきたこの素朴な水差しは、まるで沖縄の海のように美しい色をしていて、テーブルと台所の蛇口の間を行ったり来たりしている。

男の指輪

二十年ほど前に、ドイツのボンへ旅行したとき、夫・ドッコイが中耳炎になって大学病院へ入院した。つきそいはもちろん妻の私だった。が、ドイツ人の看護婦が「お前たちは恋人同士なのか？」と、しつこく聞く。いくら「われわれは夫婦である」と言っても、ニヤニヤして首を振るばかりで信じてくれないのである。なぜだろう？と不思議そうな顔をしている私たちに向かって、看護婦が言った。「なぜなら、ゼントルマンは結婚指輪をしていないではないか」

なるほど、言われてみれば、私の左手の薬指には結婚指輪が光っているけれど、夫の指には指輪がない。だから夫婦とはみなさないというわけなのだろう。既婚の女が若いつばめでも連れて歩いているように見えたのかもしれないと、納得がいった。

外国の男性は、初対面の女性の薬指に目を走らせるのが習慣になっているらしい。

未婚か既婚かは、結婚指輪の有無で一目瞭然だからだろう。そして、外国の女性もまた、男性の薬指を見るものなのだ、ということを、私ははじめて知った。

以来、夫は指輪に興味を持ちはじめたらしく、皮の小箱の中に幾つかの指輪が集まった。

中でもちょっと変わり種なのがこのふたつ。

オッカナイ表情をした顔の指輪は、パリの小さな古道具屋でみつけたもので、どこかで見たような顔だと思ったら、ナポレオンだった。古道具屋のオヤジの言葉によると、「ナポレオン党の人だけが秘密に持っていた指輪で、掘りだしものである」ということだけれど、ホントかどうかは分からない。

四角いふしぎな形のほうは、いまは亡き藤田嗣治先生に頂いた指輪で、古い分銅だそうである。

どちらもズッシリと重いので、夫はあまり使わないけれど、ときどき出しては眺めているから、よほど気に入っているのだろう。

ところで、夫・ドッコイはいまでも独身にみられたいのか、結婚指輪だけは、いまだに買わない。

脚本

無学コンプレックスのためか、躾の中でも特に母が神経質になるのは、あらゆる「活字」に対する態度だった。たとえ自分が読めなくても、「本というものは他人《ひと》さまがいっしょけんめいに書いたのだから」というのが母の考えかたで、新聞でも、踏んだり、粗末に扱うと、「バチが当る」と言って怒った。私の出演する映画の脚本を、母は必ず神棚にあげて、ていねいにおしいただいてから私の手に渡したものだった。

私はもともと俳優という仕事が苦手だったから、映画を一本撮り終えるたびに、私を苦しめた脚本をギュウと足で踏ンづけて、ブン投げてやりたい、という衝動にかられたが、そのたびに、活字を大切にしていた母の顔が私の眼の前にちらついて、結局、ブン投げも踏ンづけることもないままに、何百冊という脚本が溜ってしまった。

私は子供を産まなかったけれど、五十余年の映画生活の間に、何百という映画を生んできたのだなァと、手垢で汚れた脚本たちをみるたびに、ちょっと感傷的になる。

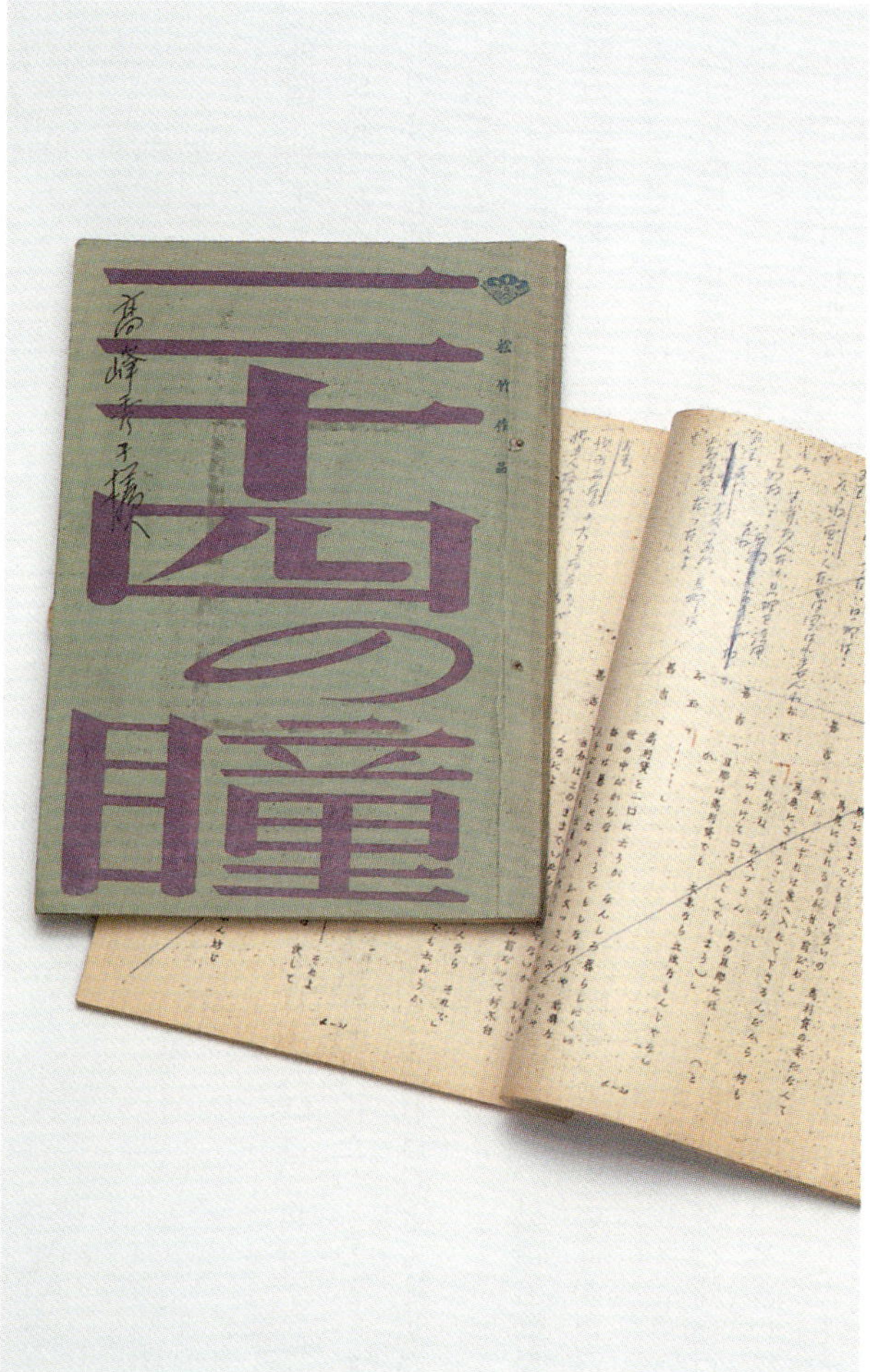
松竹作品
二十四の瞳
高峰秀子様

はんこ

外国人のように、身分証明書を持ち歩く習慣のない私たち日本人には、自分がどこの何兵衛であるか、という確固たる証拠がない。唯一の自己証明に役だつものといえば〝自分の名前を彫ったはんこ〟一つであるというのは、考えてみればひどく心もとない話である。

そのはんこなる代物も、そこらの文房具屋でむぞうさに売っているし、偽造も簡単、盗難の心配もあり、で、だから実印届けだ、印鑑証明だ、と複雑になっていくのだろうが、はんこの存在はどうも百害あって一利なしの感がある。

私はある日、必要あって印鑑証明をとるために代理人にはんこを持って区役所へ行ってもらった。ところが、代理人ではなく本人がそのはんこを持って来い、と言われ、どうしても来られぬなら「この人を代理人とする」と書いた紙にはんこを押したもの

高峰秀子

最近は日本の銀行でも、サイン方式の通帳ができたし、ホテルや買い物の支払いをサインでする方法が普及しつつあるようで、昔のように「はんこをおひとつ――」という言葉をあまり聞かなくなった。〝判で押したような〟とか〝太鼓判を押す〟とかいう形容も将来は自然消滅するかもしれない。

最近、邱永漢先生から、二センチ四方のでっかい印鑑を頂戴した。私にはちょっと立派すぎてテレ臭いけれど、字の形がまるっこくて愛らしい。色紙に押してみたら、下手くそな色紙がぐんとひき立ったのでビックリした。只今、愛用中の私のお宝のひとつである。

風呂敷

手さげつきの紙袋が巷に氾濫しはじめてから、それまで私たち日本人には絶対の必需品だった「風呂敷」は、トンとお呼びがなくなったようである。

いまでも、なぜか結婚式の引出物だけは風呂敷で包むけれど、ほとんどがナイロンのペラペラで、あれはあくまで包み布《きれ》であって、風呂敷と呼べるような代物ではないヨ、と、私は思っている。

江戸のはじめまでは、女は湯文字、男は下帯をつけたまま入浴をしたそうで、入浴後はめいめいが布きれに包んで持ってきた新しい下着をつけ、洗った下着を布きれに包んで持ち帰ったという。また、その布きれを風呂場に敷いて、その上で身支度をしたことから、その布きれは「風呂敷」と呼ばれるようになった。その名称が、現在も生き残っているらしい。

ちょっと年配の主婦なら心あたりがあるだろうけれど、家庭用品としての木綿の大風呂敷や小風呂敷の便利調法さはこの上ないし、奥さんは奥さんらしく紫色やぼかしのちりめんの風呂敷を、娘さんは娘さんらしくピンクや紅の華やかな風呂敷を、と、風呂敷は女たちに欠かせない格好なアクセサリーのひとつでもあった。

いまは亡き、映画監督の山本嘉次郎先生は、演出をするときもボルサリノのソフトにツイードの上衣というおしゃれさんだったが、常時、脚本や資料を木綿の風呂敷にキチッと包んで小脇に抱えていた。日本人ばなれのしたスマートな美男子なのに、風呂敷包みがピタリと決って、なんともいえないカッコよさだった。

私は旅行に出るとき、必ず一、二枚の風呂敷をスーツケースに入れることにしている。アフガニスタン旅行では、ほこりよけに頭に被ったり、首に巻いて暖をとったり、砂漠の砂の上に敷いて腰を下ろしたり、と、風呂敷はメ一杯の活躍をしてくれて、有難かった。

どこの家の小引出しにも、何枚かの風呂敷がアクビをしているだろうけれど、あまり実用的でないちりめんのは小さいクッションのカバーにするとか、木綿のしっかりしたものは座ぶとんカバーにするとかして、なんとか活用してやりたいものである。

羽織

このごろは、冷たい風が吹く真冬でも、ボッテリと厚いオーバーコートを着る人は少ない。それと同じように女性の羽織姿も少なくなりつつあるようだ。

私も、羽織は二枚しか持っていない。一枚は紬おめし、一枚は山まゆで、色は二枚とも黒無地である。それも出がけにちょいと羽織るだけで、たいていは訪問さきの玄関の隅に小さくたたまれて控えているだけである。羽織の丈も、昔は膝までぞろりと垂れていたのが、いまは腰までの短さになり、茶羽織などという便利で軽い羽織が人気を呼んだのは当然のなりゆきだった。羽織に贅の限りをつくす人も、総しぼりくらいにとどめをさすことになってゆくのだろうか。

今は十人とは残っていない花街の幇間は、衣裳の中でも羽織の裏にいちばんお金と知恵をかけ、真紅の塩瀬をつけてお客の意表をついたり、そのものズバリの色模様を絵師にかかせて、お客の機嫌をとり結ぶ道具にしたもので、私も何十年か前には、よく幇間の羽織の裏に筆でサインのよせがきをさせられたりした記憶がある。

その昔、町人が大名の贅沢に人知れず抵抗をしてわざわざ絹糸を木綿のようにみせかけて織った「結城」を発明したり、木綿のきものに絹の通しの裏をつけて楽しんだ気風が、羽織の裏に命を繋いでいたのだろうか、これは私の勝手な想像なのだが。

私が幼いころ、寄席の高座の落語《はなし》家が、話が終わりに近づくと、なにげない素振りで羽織のヒモを解き、スルリと肩からすべらせると同時に、楽屋に向かってシューッと羽織をすべらせていた。その自然な脱ぎっぷりは、まこと寄席気分のよさの一つになっていたのが、妙に心に残っている。あれは「もうじき話が終わるぜ、おあとの支度はよろしいか」という合図だと、人に聞いたが、これも真偽のほどはたしかではない。

時勢が変わるのだから、人も変わるのがあたりまえといえばあたりまえの話で、昔は昔はとくりかえすのはグチッぽさが哀れをとどめるくらいが関の山、もうこの辺りで袖にした方がいいらしい（袖にするとは、振るということ、これも今のお若い人たちには、しょせん通じない言葉になってゆくのかもしれない）。

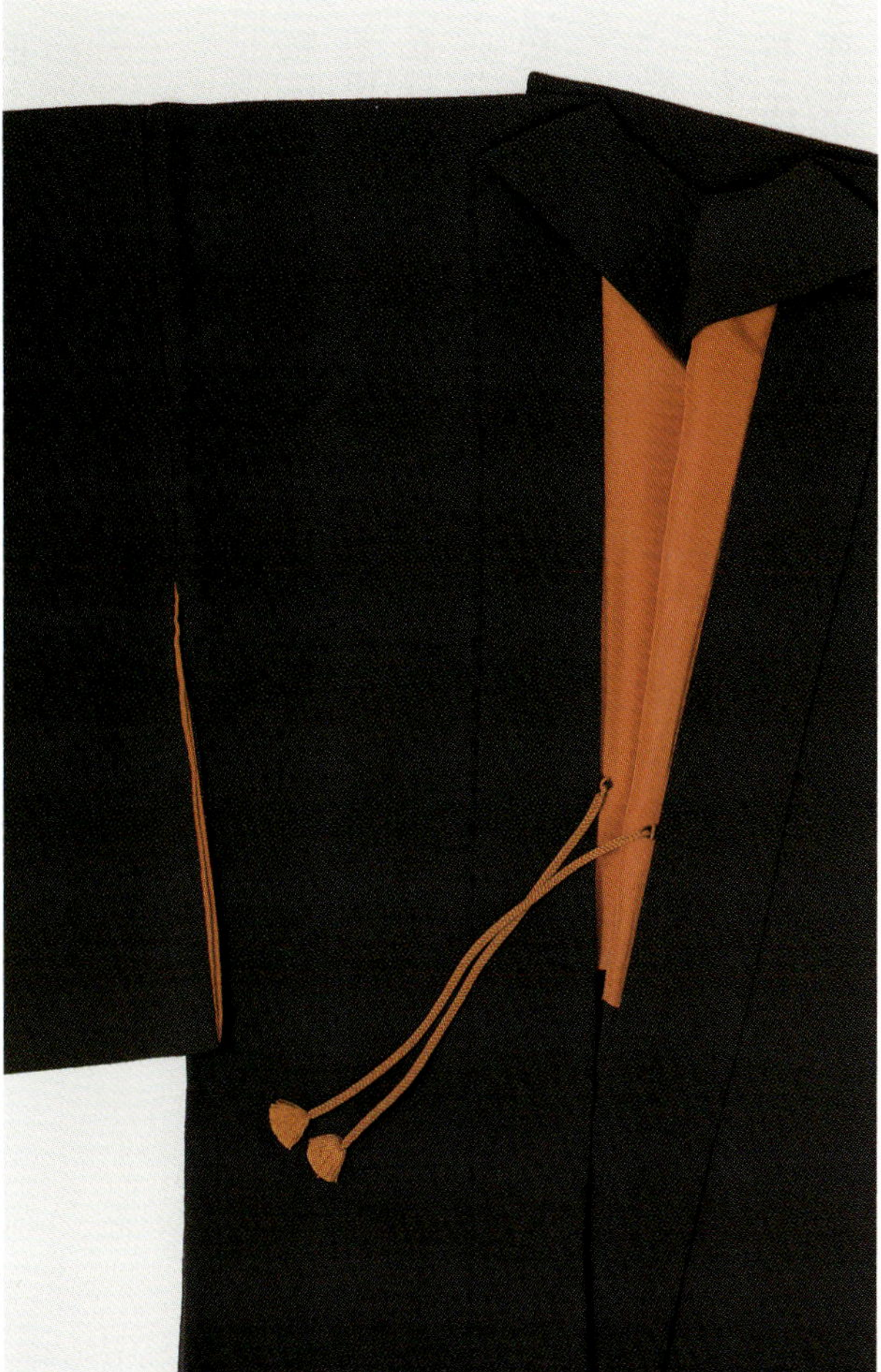

時計

私は結婚するまで、腕時計を一つしか持っていなかった。

銀座などをぶらついて、時計をすすめられるたびに「一つ持っているからいいの」と私は言った。店員は、一見はでな職業にみえる女優が、時計をたった一つしか持っていないことが信じられないといった顔で、お追従笑いをした。

私は子供のときから何十年間も容赦なく時を刻む時計の針におびやかされるようにして、寝たり、起きたり、働いたりしてきた。うれしいときには時の過ぎるのが惜しく、悲しいときは早く時間が過ぎてくれることを願った。そして、ときには時間にふりまわされることに腹をたて、時間をうらみ、時計までうらんだ。

私と時計の関係は因果にもそれほど深い仲になってしまっているらしい。チクタクと音を立てて時を刻む時計は、小さな心臓を持つ生き物のように思えてならないのだ。

私の家には、必要にせまられて置時計はたくさんある。旅行用あり、朝の目ざまし用あり、鏡台の上にも、仕事部屋にも、そして台所にも。が、どういうわけか腕時計は幾つも持つ気になれなかった。腕に巻いてもらえない時計がいたずらに時を刻みながら、だんだんと息も絶えだえになって、おしまいにはひっそりと黙りこくってしまうのを思うと、時計が狭い箱の中で窒息をしたような気がしてかわいそうになるのだ。時計はいつもチコチコ動いていてこそその価値があるので、しまっておくための時計たちのゼンマイをせっせと巻いてやる時間など、それこそ無い。

結婚記念に二人で贈りかわした、たった一つの時計を腕に巻いてずいぶんたった。その後、スイスでまたお互いに外出用の時計を旅行の記念に贈りあった。ダイヤのはいった美しい時計だが、古時計より愛着は薄い。案の定、たいていは宝石箱の中で黙りこくって寝てばかりいる。

あまり洒落っ気のない私は、毎日コキ使う必需品ほどシンプルなものが望ましい。

昨年、ロンドンの小さな店で、これ以上のシンプルはない、というような時計をみつけて、何年振りかで腕時計を買った。

ただ、「時計です」というだけの時計のところが気に入っている。

鏡

「女はいつまでも若くはないからね、おまえだってこのごろは、鏡の前にすわっている時間がずいぶん長くなったよ」

これは、シナリオライターである私の亭主が、ある映画のために書いたせりふである。そして、そのセリフを言う当人は、女房であるこのアタクシであった。「なかなか、うめえせりふを書くじゃないか」と、私はまず感心した。それから「ハテ、これは私自身のことかな、チクショーメ」と思った。しかし、まことにそのとおりだからしかたがない。若いころは、鏡の前にすわってもすることがなくて、アッケないほどであった。クリームをつけるのを二、三日忘れても、肌はいつもつやつやとして、唇はピンク色をしていた。今の私は、自分でもあきあきするほど、鏡の前から腰が上がらない。

を持って来い、としかられたそうである。代理人はいったん、区役所を出て、言われたとおりに書類を作り、はんこをペタンと押して、ふたたび窓口へ行ったらスイと用事が足りたと言って、にやにやして帰って来た。そうかと思うと、わが家の運転手や通い女中さんが定期券を買うにはつい先だってまで雇い主のはんこが必要だったが、このほうははんこの主にまかり出ろとは一度も言われたことがない。ということはインチキをしてそこらの三文判を押して行っても通ってしまうということで、向こうがいいかげんだからこっちもいいかげんをしてやろう、という気を起こさせても、しかたがないことになる。

はんこ一つがその人間を証明し、はんこ一つへの信用が天下国家を動かすともなると、そら恐ろしい気がしてくる。

外国ではいかなる場合も当人の署名だけがものをいう。契約書、パスポート、銀行小切手、通帳、トラベラーズ・チェック、その他いろいろである。筆跡というものは実に個性があるものらしく、警察でも筆跡鑑定が決め手となって事件のホシをあげることも多いと聞く。本人の手で書く署名より、その下にぼんやりかすれたはんこのほうを信用する私たちを見たら、外国人はさぞびっくりすることだろう。

鏡というものは、百科事典をひもとけば、その昔から、魔物――神に通ずるもの、とある。鏡はいつの間にかわが身を装うために使われるようになったが、実はわが身の内にある〝心〟を映すのが本来のすがたではないか、と私は思う。

心の美しい人は、真実、その顔も美しい。心貧しければ、その貧しさを、心おごれば、そのおごりを、鏡は容赦なく映しだす。

人生の荒波にもまれ、試練に耐えてなお、心美しい清々となった人、美しい心を持ち続けた人は、鏡に移ったその顔もまた美しい。白髪がはえても歯がぬけ落ちても、その美しさはだれにも及ばぬ気品と人間性に凛然として輝くものだ。

若さといえば、このごろの若い女性のお化粧は念がいりすぎて、ますます舞台化粧のようにくどくなってきた。あのメーキャップのまま外国へ行って散歩でもしたら、娼婦とまちがえられてもしかたがない。いったい、彼女らはその若さを強調すべくアイラインをひき、アイシャドーをつけ、つけまつ毛までして人目をひくのだろうか。それとも、若く至らぬ心をせめて化粧でカバーしようという心づもりなのだろうか。せっかくの若さを、ああもったいないことだと、私はじりじりしてくるのだが、いずれにしても、その理由は、やっぱり〝鏡〟がご存じよ、ということかもしれない。

牛は牛づれ

私の夫は十二支の二番目、丑年《うし》の生まれである。動物の牛は鈍重、怠惰の見本のように言われているけれど、丑年生まれの人間は意外と働き者であわて者が多いらしく、私の夫もまた、ちょいちょい「オットドッコイ！」というようなことをやらかす。

以前に、中国人の老占い師に手相をみてもらったとき、「コノ人ハ一生、砂漠ノ中デ、水ヲ求メテ走リ続ケル渇《カツ》エタル牛ノ如シ」と言われたが、なんとなく思いあたる。

一九六三年にはじめて中国旅行をしたとき、ちょうど夫の誕生日だったので、小さな象牙の牛を記念に買った。その後、バンコクの骨董屋でみつけた牛には、剣をかまえた男性が格好よく乗っていて、そのピリッとしたフォルムに惚れて、私はおこづかいをはたいた。

この牛だか犬だかウンコだか判然としない彫刻は、梅原龍三郎画伯の作品で、「モウモウの善三サンに進呈する」と、くださったから、たぶん「牛」のつもりらしい。

ハワイのおせち料理

私には、子供のころの「楽しいお正月」の思い出は皆無である。なぜなら、私は五歳の子役のころから毎年、地方の映画館でのご挨拶まわりのために、大晦日の夜には必ずつきそいの母と一緒に夜汽車にゆられていたからで、お正月というものはただ忙しくてくたびれることなんだ、と、子供心にも承知していたものだった。

だから、わが家でのお雑煮の味やおせち料理の味にもまったくエンがなかった。

三十歳で結婚したとき、夫のために、生まれてはじめて自分の手でたどたどしくお雑煮なるものを作ってはみたけれど、おせち料理は一度も作ったことがない。夫婦ともに、おせち料理にはあまり興味がないから、というのがその理由である。大晦日前から準備をして、黒豆を煮、昆布巻きを作り、きんとんを練りあげ、数の子、カマボコ、ゴマメなどをお重に詰めておいて、年賀のお客さまに備えるのは、日ごろ忙しい主婦が、せめてお正月の三が日くらいは台所に立たないため、とかいうけれど、三日間も同じ重箱を開けたりしめたりして食べ続けるなんて考えただけでもウンザリするし、おせち料理の中には残念ながら私の好物はひとつもない。

日曜祭日の休みもなく、年中だらしなく忙しい私たちは、せめてお正月くらいは徹底的に怠けてすごしたい。だからお正月中は門を閉めきって、一日中寝巻きでゴロゴロし、気が向いたときにとつぜんスキヤキなどをカッ喰う、というスタイルのほうがありがたいので、ますますおせち料理とは縁遠くなるばかりであった。

結婚後、三、四年経ったころだったろうか、偶然にパリでお正月をすごしたことがあった。元旦の朝、ホテルの外へ出てみると、文字どおり人ッ子ひとりいない、ひっそりと静かなパリがあった。私たちは澄みきったパリの空気を吸いながら、ゆっくりと散歩を楽しみ、夜はちょっと張りこんで豪華なフランス料理を楽しんだ。

異国のお正月にすっかり味をしめた私たち夫婦は、つぎの年のお正月を香港で迎えた。大晦日の夜は友人たちとナイトクラブにいたが、十二時のチャイムと共に場内のライトが一斉に消えて真っ暗闇になり、この瞬間だけはどこの誰にキスをしても許されるとのことで、場内は笑い声と女性の嬌声で賑やかだった。広東料理にもお正月用の特別メニューが加えられていて、これも楽しかった。

ハワイのホノルルで、はじめてお正月をすごしたのは昭和三十六年だった。大晦日の夕方から、中国人やハワイアンがうちあげる爆竹とネズミ花火の音が耳をつんざき、十二時にはピークに達して、えんえん元旦の夜明けまで続いたのにはビックリした。ハワイ——正月——爆竹、というイメージはなんとなく結びつかないけれど、中国人は大晦日になると、百ドル、二百ドルと大量に花火を買いこむそうである。

中国人が爆竹にこだわるように、日系人はお正月のおせち料理にこだわるらしい。年末になると、マーケットには紅白のカマボコや煮しめ用のクワイやゴボウなどがどっと入荷されて、日系人は買出しに大わらわである。おせち料理一式を料理店に注文する人も多いから、仕出し屋さんや日本料理店も、おせち作りに忙しい。

いまから約百年前に、広島、熊本などからハワイへ移民した日系人の一世は、百歳をこえた少数の人がなお健在だけれど、現在はもう二世、三世の時代になっている。日系人といっても日本語が通じるのは三世のはじめまでで、二十歳前後の三世、四世となると、顔は日本人でもまったくのアメリカ人だから、言葉は英語だし、食べものも、おじいちゃんとおばあちゃんはおせち料理と雑煮。お父さんとお母さんはおすしと日本茶。お兄さんとお姉さんはステーキとコーヒー。弟や妹はハンバーガーとミルク。というように微妙に違っている。ハワイにおけるおせち料理も、やがては「日本への郷愁のシンボル」として、ただ眺められる存在になっていくのかもしれない。

ハワイには、アメリカ人、日本人、中国人、韓国人、ポルトガル人、フィリピン人、ベトナム人、そしてハワイアン、と、さまざまな人たちが住んでいるから、大きなビュッフェ・パーティーとなると、メニューはたいそう賑やかなことになる。

まず、メーンの肉類は、ロースト・ビーフとロースト・ポーク。フライド・チキンとマヒマヒ（しいら）がそれに続き、つけあわせはグリーンピースやにんじんに、必ず御飯が続いている。サラダはアメリカ風に加えて、モヤシやクワイの入った中国風や、オゴ（海草）やタコなどを酢であえたハワイアン風。アメリカ風のピラフのとなりには、日本の巻きずしやカマボコやさしみが並び、パンもアメリカ風とポルトガル風の二種類で、デザートは少なくとも五、六種類は揃っている、という忙しさである。さしみの大皿のそばに、とき辛子と醬油をまぜ合わせたソース？　がそえられているのが、いかにもハワイのオリジナルらしくておもしろい。

何度かホノルルでお正月をすごしたけれど、ところ変わればなんとやらで、暮らしてみればみるほど、つくづくと、食べものと風土の微妙な関係を考えさせられる。たとえば、ハワイの気候と味噌汁はまったく合わないし、いくら暑いといっても、なぜか「そうめん」や「ひやむぎ」は、あっさりしすぎて、食欲が湧かない。

ホノルルで迎える元旦、といっても、わが家の食卓には、夫の好物の数の子が二、三片と、日本から持参する吉澤屋の黒豆が小鉢にチョンボリ。あとは、切手ほどのお餅が浮いた、かたちばかりのお雑煮がそえられるだけで、とても、おせち料理などといえるものではない。二日からは早々に、オレンジ・ジュースとベーコン・エッグ、トーストとコーヒーという朝食に戻って、なぜかホッとしたりする。

日本人のくせに、お正月のしきたりもふまぬとはけしからん、と、叱られるかもしれないけれど、おせち料理はやはり、子供のころの習慣への郷愁ではないのか？　と、私はおもう。

これから先もたぶん、私はおせち料理とはエンがないだろうし、第一、お正月というものも、もはやこのトシになっては、「楽しい」なんてものではなく、また一歳、「婆ァ」になるための、憎っくき区切り、というほかのなにものでもない。

セーヌの河底

昨年の夏、仕事でパリへ行った。昨年は世界中の陽気が異常だったらしいけれど、パリもまた、夏だというのに小雨が降り続き、街ゆく女性は毛皮のコートを羽織っていた。

仕事が終りに近づいたので、私はその日、ホテルの食堂で遅い朝食をしながら、久し振りに会う友人を待っていた。小さなホテルなので、私の座った位置からまっすぐの突き当たりに玄関のガラス戸が見える。カフェオレもクロワッサンも美味しかったけれど、私は一時も早く友人の顔を見たいと思って玄関のほうばかりを気にしていた。友人はフランス人と日本人の混血の女性である。わけあって夫と離婚して、二人の娘とアパート住いをしている。私は三人に何か贈りものをしようと思って、フランスフランの他に百弗紙幣を三枚ハンドバッグに入れていた。「贈りものは何にしよう？

セーターがいいかしら、それともスカーフ?……」と考えながら、また玄関のほうを見ると、ガラス戸の表に背の高い男が立って、ホテルの中を覗いていた、と思ったらドアを押してホールを突っ切り、真っすぐ食堂へ入って来た。食堂は混んでいて、私の隣りのテーブルだけが空いていた。男はためらわずそのテーブルの椅子を引いて腰をおろした。黒服に白いエプロンを掛けた老女の給仕が注文を取って奥へ消えた。男は、黒いウェーブのある髪に金ツボマナコ、高いワシ鼻で顔色が浅黒く、一見して地中海周辺の風貌である。黒いネクタイと焦茶の上衣、灰色のズボンはかなりくたびれている。男はソワソワと立ち上って私のテーブルをひとまわりした。眼が、何かを探すようにキョロキョロとして落ちつかない。男は食堂の隅にあるグランドピアノの上から新聞を持って戻ってくると、矢庭に私のテーブルの上にフワリと広げてマンガを指さして私に笑いかけた。「気持ちの悪い奴……」。私はムッとしてその新聞を払いのけて畳むと、テーブルの隅に置いた、その眼の端に、ホールを抜けて玄関に向って歩いてゆく男の後姿が飛び込んだ。なぜか上衣を脱いで肩にかついでいる。この寒いのに上衣を……と思った私は、とっさに足もとに置いてあったハンドバッグをまさぐった。ハンドバッグは、無かった。「置きびき!」私は男を追って表へ飛び出したけれど、男の姿はもう見えなかった。

テーブルに戻った私の胸はドキドキと波うっていた。盗られたことの口惜しさよりも、なんとなく、顔をさか撫でされたような、素足でナメクジでも踏んだような、ヌルヌルとした不快感があった。テーブルの上には部屋の鍵とタバコがある。私はタバコを取り上げた、が、ライターは盗られたバッグの中にある。そうだ、バッグの中には何が入っていたかしら？　と私は考えた。財布、ライター、コンパクト、口紅、銀の仁丹入れと、絹のスカーフと、ボールペンが二本……、私は再びバネ仕掛けのように椅子から飛びあがってしまった。バッグの中の小型ノートには今回の仕事の取材メモがギッシリと書き込んであったのダ。ああ、万事休す！　である。

そこへ友人がやって来た。彼女はギクリとしたように私の前で足を止めた。私はよほど冴えない顔をしていたらしい。私たちはホテルのフロントで最寄りの警察署を聞いて、盗難届をしに行った。フランス語のダメな私は説明するのがもどかしくなって、タイプライターの前に座っている係官の手から鉛筆を取って、泥棒男の似顔画と全身像を描いた。係官が眼を丸くして言った。「この画をコピーして、早速に各ホテルに配ります。それにしても、泥棒をこれほど細かく観察した被害者には会ったことがない。あなたの職業はいったい何ですか？」

友人と私は警察署の表へ出た。両手が手持ちぶさたで、歩いていてもギコチない。えり元が寒いけれど、スカーフはこれも盗られたバッグの中にある。が、考えてみると、あの泥テキの手並みは実に鮮やかなものだった。

友人を御馳走するはずだった昼食は、逆に友人に御馳走になった。デザートのカシス入りのアイスクリームをなめながら、友人が言った。「あなたは神サマに感謝しなければいけないわ。だって、もし大切なパスポートを盗られたらそれこそ大変だったし、怪我でもさせられたらもっと大変だった。うちの女中さんは地下鉄の中でハンドバッグをひったくられたけど、とても怖かったって言ってたわ。あなたが怖い思いをしなかっただけでも、私は本当によかったと思っているの。今のパリはダメになっちゃったのよ。あ、こういうの日本語で〝不幸中の幸い〟っていうんだったわね？」

私は素直な気持ちで友人の言葉を聞き、「いまのパリではモノごとをこんな風に考えなければ生きてゆけないのかも知れない」と思った。いまから三昔も前の、昭和二十六年の春から冬まで、私は一人でパリに住んでいたことがあるけれど、その間、ただの一度もスリや泥棒にあったこともなければ、そんな噂話を聞いたことすらなかった。当時のパリは、学生街にこそ各国の人種がいたけれど、観光客も少なく、街は静かで居心地がよかった。在住日本人も五十人足らずだし、フランス人は誰もがおせっかいなほど親切で、いまのトゲトゲしく騒々しいパリとは全くちがうパリだった。

スリや強盗が多いのはパリに限ったことではなく、香港、ローマなどの有名観光地はスリやカッパライでもまた有名である。ローマのスリの手口のほとんどは「アイスクリーム」で、狙ったカモの肩などにアイスクリームを垂らし、「オヤ、アイスクリームがついていますよ」と、拭きとる振りをしながら巧みに財布を抜き取る、という寸法らしい。パリでは専ら「新聞」。画家の安野光雅さんも「パリのアンバリードで、ジプシーの子供に新聞を見せられたスキに財布を抜かれた」と、「フランスの道」という画集の中で書いていたのを読んだことがあるし、森英恵さんは後ろから走ってきたバイクの男に、ショルダーバッグをひったくられたという。

パリの泥棒は、盗った財布やハンドバッグから現金だけ抜きとると、あとは可及的速やかに共同便所やゴミ捨て場に捨てる、というけれど、あれからもう半年、いまだにパリの警察からなんの音沙汰もないところをみると、私の大きなハンドバッグは今頃、セーヌ河の底にでも沈んでいるのかもしれない。

ニューヨークの黒人

久しぶりでニューヨークへ行った。ニューヨークが最近とみに物騒なこと、街が汚いこと、日本料理店がふえたこと、など、ニュースは少々仕入れていったが、自分の目で見て、もっともニューヨークが変わったと感じたのは、黒人がふえた、というよりその職業が激増したことだった。十年ほど前までは、黒人の職業はせいぜい、人夫、ホテルの掃除婦、ポーター、皿洗い、などだったが、現在はスポーツ選手はもちろんのこと、医師、弁護士、学校の先生、エンジニア、看護婦、テレビタレント、ブロードウェイのミュージカルスター、と、その活躍はめざましい。フィフスアベニューを闊歩《かっぽ》し、一流ホテルのロビーを徘徊《はいかい》する彼らの、昔とは見ちがえるほどに悠然《ゆうぜん》とした態度は、いったいどこからきたのだろう？　それ以上に私が目玉をむき、口をあけて見とれたのは、彼らが身にまとっている斬新《ざんしん》、絢爛《けんらん》、奇抜な、「衣装」であった。

聞くところによると、彼ら黒人は以前には高価で豪華な自動車を乗りまわすことによって白人に挑戦したが、いまはその収入のすべてを衣装のために使うそうである。真紅の背広に黒いベルベットの山高帽子のカッコいい男性、ぴったりと身体に密着した鹿皮のパンタロンスーツの女性。彼らはいかなるファッションも、いかなる色彩も、手あたりしだいに着こなしてしまうようであった。彼らはもはや縮れた頭髪を特製のポマードでむりにのばしたりはせず、いっそう縮らせふくらませることで自分をより特徴づけ、美しくみせることに自信をもっている。

そうだ。彼らは、ある日とつぜん、自分たちの姿態が白人よりすぐれていることを認識し、「自信」をもったのである。小さな頭、みじかい胴からのびた長くまっすぐな手足、その動きの豹《ひょう》のような敏捷《びんしょう》さとしなやかさ……。あるいは毛皮をまとい、あるいはカラフルなロングドレス、と、おもいおもいの服装の黒人たちの前で、白人たちは見劣りをとおりこして、ほとんど野暮《やぼ》ったくさえ見えるのだった。

私はあらためて、「着るとはなにか?」と考えなおさずにはいられなかった。

一見珍奇とおもえるような衣装をも強引に着こなしているのは、彼らの「自信」なのであった。

それなら私たち日本人の場合はどうだろう？　私たちは土台の悪さをゴマ化すためか、内容の貧しさをおぎなうためか、ピエール・カルダン、クリスチャン・ディオール、イヴ・サンローラン、グッチ、エルメス、などという、有名銘柄にめっぽう弱い。見ための立派さ美しさのみに頼るのは、贈りもののアゲ底スタイルにも似て、いっそうみずからの貧困さを披瀝《ひれき》しているような気がしてならない。

黒人は、白人に対する反抗の精神から出発した「自信」で身を飾り、私たち日本人は、貧しい拝金思想から出発した「コンプレックス」で身を飾る。

「上等舶来」という観念から、私たちはいったいいつになったら解放されるのだろう。せめて着るものぐらいは名前や銘柄に頼るのはやめにしたい。衣類はしょせん、「最中《もなか》」の皮にしかすぎない。最中の皮は中のアンコを包むためにあるもので、皮だけをうまいうまいと食べる人はいないし、最中の勝負は中のアンコのよしあしで決まるものである。

ニューヨークの友達が「黒人のつぎの挑戦はここですよ」といって頭をたたいてみせた。その言葉はそっくりそのまま、私たち日本人にもあてはまるようである。

ダイヤモンド

昭和二十三年のある日の午後、私は成城の自宅で一個のダイヤモンドを瞠めていた。キリッとしたエメラルドカットのダイヤモンドが放つ七彩の光に圧倒されて、私の胸はときめいた。男性は、優れた日本刀に本能的に心ひかれるというけれど、女性がダイヤモンドに魅せられる感覚と、どこか似ているような気がする。

敗戦間もない当時の日本は、てんやわんやの大混乱の中にいた。税制が変わって、もと宮様も大財閥も財産税の支払いで大混乱の最中だったのか、私の家には、もとナニナニサマの持ち物という触れこみで、銀製の食器やら金銀細工の置物やら、宝石類の売りものが続々と持ちこまれた。その中から、山椒は小粒でもピリリ、という感じでピカリと現れたのがくだんの角ダイヤであった。

三カラット、百二十万円、という値段が高いのか安いのか私には分からなかったけれど、私は即金でその石を買った。私はその石を指輪に仕立てて自分を飾ろう、とか、人にみせびらかそう、とは毛頭考えなかった。日夜、撮影所での重労働と、養母との泥沼のような葛藤に疲れ果て、メタメタになっていた私は、疲れた時、悲しい時に、一人でこの美しい石を眺め、この石と遊び、この石から夢を貰おう、と思ったのである。

ところが、結果は裏目に出た。「優れた宝石には魔が宿る」というけれど、吉を買った筈のダイヤモンドはとんでもない凶を私の家に持ち込んで来たらしい。ダイヤモンドを買った翌朝、撮影所へ行くために玄関に出た私に、母はいきなり大きな肘掛け椅子を投げつけた。不意をくらって尻もちをついた私の上に、母の怒声が落ちて来た。

「親の私がダイヤをはめるなら話は分かる……娘の分際でお前は！　買ったダイヤを持って来い！」

母の眼尻は吊り上がり、身体は怒りでブルブルと震えていた。母は足袋はだしで三和土《たたき》に飛び降りて私に摑みかかった。私は転がるように玄関から逃げ出し、撮影所への道を走りながら、心の中で叫んだ。

「あんな奴に、あの美しい石をやるもんか！　ダイヤが欲しけりゃ勝手に買って、十本の指にはめるがいい！」

けれど、いま考えてみると、あの時の母の怒りは分からないでもない。母の怒りは悲しみの裏がえしだったのだ。それまで私は、母が財布に入れてくれる小遣い以外に、自分の金を使ったことがなかった。それが突然、「百二十万円」という大金を、アッという間に使ってしまったのである。「自分が稼いだ金で何を買おうが私の勝手だ」という、私の暗黙の言葉を、母は敏感に嗅ぎつけ、私がもはや「子供ではなくなった」ことを認識すると同時に、一人娘に置きざりにされた孤独な自分が淋しかったにちがいない。とにかく、長年、薄氷を踏むような母娘関係を続けてきた二人を決定的に決裂させたのは、美しく高価な一粒のダイヤモンドだった。

昭和三十年、私は結婚した。二人とも貧乏で、仲人から借金をしてやっと結婚式をあげたほどだったが、記者会見の席上で彼は「土方をしてでも彼女を養います」などとカッコのいい大見得を切った。それなら結婚指輪くらいは買って頂くのが当然である。彼はどこでどう工面したのか、ケシ粒ほどのダイヤがポチポチと並んだ結婚指輪で私の指を飾ってくれた。

二年経ち、三年経ったころ、彼はケシ粒くらいのダイヤを米粒ほどのダイヤに買い替えてくれた。五年経ち、十年経って、米粒は小豆粒になり、私は、夫の歴史が刻まれた結婚指輪を大切にしていた。いたというのはヘンだが、私はその指輪を、ある時、ある場所の、とんでもないところへ落っことしてしまったのである。ある時というのは昭和四十七年の四月で、ある場所というのは空の上で、とんでもないところというのは飛行機の洗面所のウンコ溜め、である。

そのとき私は、大切な婚約指輪と結婚指輪のふたつを洗面台の奥のほうに置いて手を洗っていた。

「オ、ゆれたな」と思ったとたん、二個の指輪はピョンピョコピョンとジャンプして、アレ！　という間にポチャンとウンコ溜めの中へ消えてしまったのである。私は呆然となったが、なんせ「夫の執念のかたまり」の指輪である。私はションボリとしてパーサーに打ちあけた。パーサーは「ウーン」と唸って天井を睨み、なぜかバケツと大量のオシボリとビニールを持って洗面所へ消えた。

二十分も経った頃、洗面所の扉が開いた。ニッコリと顔を出したパーサーの指先に、二個の指輪が入ったビニールの袋がゆれていた。ウンコ溜めをくぐってきた二個の指輪は、いまも並んで私の薬指に光っている。いよいよ、夫と私は臭い仲になった、と

いうわけである。

日本国にダイヤモンドがお目見えしたのは明治三年ごろという。尾崎紅葉の代表作といわれる「金色夜叉」は明治三十年に書かれたが、貫一と宮の仲を引き裂く「悪魔の先達」に、二カラット三百円の金剛石《ダイヤモンド》が登場している。

当時の米価は一升十銭であった。現在今日の米価は内地米で一升七百円、ダイヤモンドは一カラット五百八十万円ということだけれど、最高の品ならもっと高価な筈である。宝石の値段ばかりは、一カラットが五百万円だから二カラットで一千万円という単純なものではない。

カラット数が大きくなるほど希少性が増すために、その値段も飛躍的にハネ上がる。あたりまえなのかもしれないけれど、どこか理不尽な気もする話である。日本の既婚婦人の八〇パーセントは婚約指輪を持っていて、その半数以上がダイヤモンドだということだが、ウンコの洗礼を受けた指輪を持っているのは、たぶん、私一人だろう。

衝立

わが家には客間が一間しかないので、主人と私の来客がしょっちゅうはち合わせをして困る。

そんなとき、ちょっとした〝間仕切り〟がほしいとかねがね思っていた。〝間仕切り〟というと、どうしても〝衝立〟か〝屛風〟のたぐいが浮かんでくる。事務所や美容院にあるような〝衝立〟ではまったくおもしろみがないし、純日本風な〝屛風〟ではおもしろすぎて、日本びいきの外国人の家のようになってしまう。そんなある日、知人から、龍村の帯をちょうだいした。格調あるりっぱな丸帯で、私のようなへなちょこが胴に巻きつけるには気のひけるほどの品物である。帯というよりは美術品に近いこの帯を「いっそ、衝立に仕立てよう」と、私は決心した。

枠は桜材と決め、小さな猫足に、二枚折りの〝間仕切り〟の四面に、その帯地を張

った、そのできばえは、われながら満足そのもので、私はさっそくその〝西洋屏風〟を客間にかつぎ込んだ。そして〝西洋屏風〟は、二つの応接セットの間仕切りに、あるときは客間と食堂の間に、そして用のないときはコーナーの装飾に、と大活躍をしはじめた。

そして、それから十二年たつ。

〝西洋屏風〟は格好に色もひなびて、時代もつき、「場所も自信も心得て候」といった顔つきで、わが家の一員に納まっている。

老舗

若い頃、ある映画の中で煙草を吸うシーンがあった。高く重ねた布団によりかかって、目をまわし、涙にむせながら猛練習をした甲斐？あって、以来、煙草がやめられなくなって三十有余年が経ってしまった。

私が最初に買ったのは、銀色のダンヒルのライターで、当時ビックリするほど高価だったのを覚えている。

ダンヒルに飽きてからは、ロンソン、カルティエ、などの浮気をしたけれど、いまはまたシッカリとダンヒルに戻っている。

五年ほど前に香港旅行をしたとき、私はダンヒルの店で金色のファッションライターを買った。掌に入るような、細身で愛らしい形が気に入って、一年ほど使っている内に底の小さなビスが取れて無くなってしまった。私は次の香港旅行のときにそのラ

イターを持って行って、売子に「新しいビスをつけて下さい」と、頼んだ。売子はライターを持って奥のオフィスへ入ったまま、なかなか出て来ない、と思ったら、たぶん店長なのだろう、キッチリとした背広姿の男性が、私のライターの他にもう一つの新品のライターを持って現れた。彼は黒いビロード張りの皿の上に二つのライターを並べ、私に椅子をすすめて口を開いた。

「英国では老舗のダンヒル社は、ライターの底に小さなナンバーを打って、責任をもって商品をお売りしています。が、このライターのナンバーは故意にハッキリと見えないようになっているのです。

　御存知のように、香港では宝石や時計、そしてライターのにせものを作って、本物より安く売っています。我がダンヒル社には百パーセントそのようなミスはない、と信じますが、あるいは何かの間違いで、いかがわしい品物がまぎれこまない、とは断言できません。そして、そういう品物をお客様にお売りした、という責任は、もちろんダンヒル社が持つのは当然です。

　この新品のライターにはきちんとナンバーが打ってあります。どうぞ、このライターをお使いください」

彼はニッコリとして、金色に輝く新品のライターを私に差し出した。その理路整然とした言葉と、自信に溢れた態度に、私は半ば圧倒されて返す言葉もなく、「これが、老舗というものか」と、感服するばかりだった。

そのとき取り替えてくれたダンヒルを、私はいまも毎日使っている。ライターの底には「３９１０７５０」というナンバーと、「ＳＷＩＳＳ・ＭＡＤＥ」という刻印がハッキリと押されている。

私がいつか、煙草をやめない限り、たぶんダンヒル以外のライターは使わないだろう、とおもう。私はダンヒルのライターが好きだけれど、そのライターを作っている「ダンヒル社」という老舗をもっと好きになってしまったからである。

浴衣

夏といえば浴衣、浴衣とくれば縁日、というのが大正生まれの人間の発想である。子供のころの夏の夕方、お風呂から上がってのりのきいた浴衣を着せてもらうのが楽しみの一つになっていた。

というのも、浴衣を着るということは縁日に連れていってもらえる、というさらに大きな楽しみにつながっていたからであった。

夏の夜、うちわ片手に浴衣がけで家族そろって縁日をそぞろ歩きし、インチキ万年筆屋の口上に立ちどまり、植木のせり売りをのぞき、子供たちは自分の頭より大きな綿菓子をなめながら、花のように飾られたホオズキの店さきに見とれたものだった。縁日の品物はどれも適当に安っぽく、それがかえって気安さを感じさせて不思議な魅力があった。アセチレンガスの青い炎や鼻をつく匂いまでが、なつかしい思い出とし

て今も記憶に残っている。

戦争中の、あれはいつのころだったか、突然、縁日や夜店がまったく姿を消し、街のゆかた姿もパッタリと見られなくなってしまった。淋しい、というよりも、大変なソンをしたようで、私は口惜しくて仕方がなかった。いま、あの当時そっくりの夜店や縁日がどこかの街に復活したら、どんなに人気が集まるだろう。浴衣と縁日のたのしみを、もう一度いまの子供に与えてあげたいとつくづく思う。

今年も夏が近づいて、呉服屋のウインドーには早くも浴衣が清々とした色を並べている。一時流行ったエバ模様や色ものの浴衣も、浮気な人の気をひいただけで、やはり、昔ながらの白と藍の浴衣が人々に好まれているようである。浴衣は本来、布地は木綿、色は白と藍の二色と限られたものだけに、なおいっそうの工夫がこらされるのか、その柄の豊富なことは年々おどろくばかりである。こんな大量な浴衣が、いったいどこへ売られてゆくのだろう。

昔なら、寝巻は浴衣と決まっていたようなものだけど、このごろの女性はネグリジェを愛用し、浴衣の代りにはホームドレスというものを着てしまう。この二、三年、若い娘さんの間をふりそで旋風が吹きまくって、呉服屋さんはホクホクだが、それも、ジーパンやセーターの生活から、いきなりふりそでを着こなそうというのだから乱暴な話である。きものに着られて手足の自由さえ失い、すそをけとばしけとばし歩いていては、当人より先に、きもののほうが泣きたくなるだろう。

せっかくきものを着るなら、やはり浴衣からはじめて、きものに馴れ、きものをなじませてから、普段着のひとえ、そしてあわせ、というように練習して欲しい。きものは乱暴に着られることを嫌がり、なかなか着る人になつかないという性質をもっている。

まず、きものの中ではいちばんきさくで親しみやすい浴衣に手を通してみることである。ただし、ビックリダヌキのようなメークアップは、浴衣には似合わない。その時間を足のつまさきの手入れにまわすことである。浴衣に素足の美しさが理解できるようになったら、その人はきものに対するセンスを持ち合わせているということなのだから——。

真珠

私は二十歳の年を迎えたとき、生まれてはじめて、自分の身を粧《よそお》うためのアクセサリーを買った。

それは美しい真珠の首かざりだった。

予算の関係で、粒こそ小さかったが、色もマキも申しぶんなく美しい首かざりであった。こんな美しいものが自分の持ちものになったというよろこびと、自分が働いた収入でかち取ったもの、という自負で、私は二重の満足にひたったことをおぼえている。

子供のころから、私一人の収入で親兄弟の生活をみなければならなかったので、自分の身を飾るためのアクセサリーどころではなかったのである。だから、二十歳になってやっと手に入れたひとすじのパールは私にとって唯一の宝物の感があったのである。

宝石といってもいろいろ種類があるのに、なぜあのとき真珠を選んだのか、その理由はもう忘れてしまったが、子供心に真珠の美しさに魅せられて、いつかは自分のものにしたいと思っていたのだろうか。女というものは執念深いからたいていそんなところかもしれない。

このごろになって、ボツボツ宝石らしいものを身につけるようになっても、やっぱり私がいちばん好きなのは真珠で、つい、アクセサリーというと真珠をつけてしまう。洋服のかり縫いのときも、いちばん気に入った真珠のネックレスをつけてエリあきやバランスをみるくらいだから、洋服をひき立てるためにアクセサリーをつけるのではなくて、アクセサリーを主役に、洋服をバイプレーヤーに仕立ててしまう。私の服が年がら年じゅう、ほとんど黒とグレーで、それもいたってシンプルな型に決まっているのも真珠に大いに原因がありそうである。

ずうっと昔に、こんな話を聞いた。フランスの女性は結婚して女の子が生まれると、一粒の真珠を買う。そして、毎年女の子の誕生日がくるたびにいく粒かずつの真珠を買い足してゆき、その子がお嫁にゆくときに、その真珠の玉をネックレスに仕立ててお嫁入りの道具に持たせるのだそうな。経済的なフランス人らしいやりかた、と言ってしまえばそれまでだが、なんという女らしい、夢にあふれた思いつきだろう、と私は大いにこの話が気に入った。年々その数を増す真珠の粒をながめながら、母親らしい思い出や感慨にふけっているフランス女性の姿が目に浮かぶ。

私は、この話が忘れられなかった。そして、ついに、わが娘ならぬ私自身のためにこのアイディアを実行したのである。それは、私が二十歳のときに買い求めた小粒のパールのネックレスを少しずつ大粒のパールに変えてゆくことだった。お金のあるときは四粒ほど、お金のないときは二粒だけ、と、何年もかかって私はとうとうその望みを達したのであった。これも女の執念のたまものである。真珠は穴のあいていないものは指輪やイヤリングになるので値段も高くなるのだが、それだけに無疵《むきず》で質のよい珠がある。たくさんの粒の中から色やマキをそろえ、これとおもう粒をより出す楽しみはまた格別である。私はその後、何本かのネックレスを買ったが、いまでも古い思い出のある真珠のネックレスがいちばんかわいい。

私は、真珠のもつ美しさ、優雅さ、手ざわり、すべてが好きだけれど、いちばんの魅力といえば、真珠が「生物」、生きものであるということだろう。真珠は塩分や水

分をきらい、綿花などにつつんで長い間しまっておくと窒息して死んでしまうものだとは聞いているが、私には信じられなかった。

それは、終戦後、間もない、世の中がまだ混とんとしていた時代だった。そんなある日玄関に、ふくらんだ書類カバンを抱えた男の人が現われた。「ごらんになって、お気に入ったら買っていただきたいのですが」と言いながら、開けたカバンの中から、長さ六十センチもありそうな真珠のネックレスが現われたのである。真珠は美しい光を放って、と書きたいところだが、残念ながら、それらの真珠はことごとく死んでいた。まるで腐った魚の目のようにドロンと白くにごって。この真珠はもと高貴のお方の持ちものであったというが、戦争中、何年もの間ケースの中でひっそりと日を重ねていたのであろう。真珠は呼吸もできず、湿気にせめられて、だんだんとツヤを失って死んでいったにちがいない。私は死んだ真珠の姿を見て可哀想でならなかった。

「真珠が死んでいるわ」という私の一言に、その人は恐縮して帰っていった。

そのふくらんだカバンを見送りながら、ふればカラカラと空しい音を立てた真珠の哀れさを思い、その真珠の持主であった、高貴のお方とやらを思い浮かべていた。苦しかった戦争も敗戦に終わり、多額の税金に追われて、せっぱつまって、大きな宝石を売ろうとした決心は、女としてさぞつらいことであったのではないだろうか。そうして泣く泣く取り出した真珠は、腐った魚の目のようになって死んでいた。その真珠を見たときの彼女の驚きと悲しみ……。そのショックが、まるで自分のことのように思えて、私は心が痛かった。

「ことし、上がった真珠です」といわれる真珠は、たしかにいきいきとして美しい。反対に古い真珠は年ごとにその色ツヤを失ってゆく。百万も、二百万もする立派な真珠でも、やがて死んでゆく命には変りはない、にもかかわらず女性が真珠を愛するのは、真珠に命があるからではないだろうか。生命の美しさ、そして生命のはかなさ、それを知ってのうえで、なおも愛さずにはいられないという女性の気持ちは、男性にはとうてい不可解なことだろう。

男には知られたくない秘密を女はたくさんもっている。

私は、真珠を愛する女の気持ちの中には、なにか母性の愛に通じる、なにかがあるような気がしてならないのだ。「愛ではなくてそれは女の執念というものさ」という、男性のイジワルなことばも聞こえないわけでもないが——。

額

スペインやパリの蚤《のみ》の市には、古くなってひび割れたり、バラバラにこわれたりした木彫や金泥の額縁のきれはしが山と積まれている店があって、人々は長い時間をかけてその山の中から、つぎ合わせて完全になるものを捜し出す。完全でないものでも、何かの参考にでもするのか、木彫のきれはしをつくづくとながめては買い求めていく。

絵を愛すれば愛するほど、その引立て役である額縁の見立てもいっそう念入りになるのは当然である。けれど、いくら気に入った額があったとしても、額を先に買ってからそこへ入れる絵を捜すバカな人はいないだろう。ところが、そのバカが一人いる。誰あろう、この私である。ところはパリの蚤の市。その日私はある店の前を、よだれを垂らさんばかりの顔でいきつもどりつしていた。その店先には、はがきほどの大きさのモザイクの額縁が二つ並んでいた。一つはすみれ、一つはマーガレットで、なんても繊細で美しくかわいい額縁であった。けれど、中身の絵もないのに額を買っても、しかたがないし、第一こんな手の込んだ額にいったいどんな絵を入れたらいいのか見当もつかない。私はそう考えて、何度もあきらめようとした。そして……、しかし……、それなのに……私はとうとう二つとも買ってしまったのである。胸にかかえてホテルへもどり、机の上に並べて置いてみた。だが……、中身のない額縁はいくら美しくても、なんとも間のぬけた存在でしかなくて、私は早くも後悔しはじめた。いささか、持て余していたその二つの額縁の中に、絵をかいてくだすったのは、パリ在住の藤田嗣治画伯であった。藤田先生が額にあてはめて絵をかくなどということは前代未聞のことだろうし、また、そんなことをお願いするのは失礼を通り越して非常識もいいところ。だが……、しかしなのである。二日たって、二枚の絵ができ上がったというお電話を受け取ったとき、私は私の恥が本物になったことを思い知って赤面した。

藤田先生は銀色のオカッパ頭をキラキラさせながら「お善がお秀にすみれの花をあげているところだヨ。額によく合うだろう。イニシャルも入れといた」とおっしゃりながら、二枚の絵を額縁におさめてくださった。すばらしく美しくかわいい二つの額には、私だけの恥ずかしい思い出がしみ込んでいる。

慰問袋

わが恩師、木下恵介先生が胆石で入院なさった。病室のドアをそっと開けた私の顔を見たとたんに、木下先生がプリプリと怒りだした。

「秀チャン、この花見てよ、この花を……。ひとが病気でウンウン言っているっていうのに、お見舞いにこんなマッカッカな花を持ってくるなんて……。こんな花見てるとなお痛くなっちまいますよ、全く、無神経っちゃありゃしない」

なるほど、サイドテーブルの上にマッカッカのカーネーションが二ダースほど赤い顔を並べている。「母の日でもあるまいし……」と思うより先に、いかにも木下先生らしい発想に私は思わず笑いだしてしまった。

病気見舞いに品物を贈るのはむつかしい。あれやこれやと考えて、結局は無難な花や果物に落ち着いてしまう、というところが世間の常識になっているのだろう。

慰向袋

以前に、わが夫・ドッコイが腎臓結核で入院したとき、私は、つぎつぎと運びこまれるメロンの箱とおびただしい花籠の始末に悲鳴をあげた。

至って現実的な私は、入院のお見舞いは原則として手ぶらで行くことに決めている。見舞い品を贈るのは、病室の状況、病人の状態を自分の眼で確かめてからで充分間に合う、と思っているからだ。

病室に花や果物があり、病人の表情に落ち着きがみられる場合、私は家に帰って、針箱を持ちだして、「慰問袋」を縫う。戦争中に銃後を守る女性たちが、前線の皇軍兵士に送った、あの慰問袋からヒントを得たものである。ただし袋はさらし木綿ではなく、男性には手拭で、女性ならタータンチェックとか水玉の楽しい柄の木綿を選んでザクザクと縫う。そして中に入れる品物は、家の中にあるありあわせのものばかりを集める。ワザと、少々みみっちくいくのがコツである。あまり高価なものを入れると、かえって病人に負担をかけるからで、慰問袋はあくまでいたずら、お笑いぐさに。

いままでの経験によると、老若男女を問わずに喜ばれているのは、電話代の十円玉で、これもワザと二百円に限っているのだけれどなかなか好評らしく、私はちょっと得意になって、セッセと慰問袋を縫っている。

私の耳

私の耳は、片方しか聞こえない。

子供のころ中耳炎をわずらってアッという間に聞こえなくなった。以来、たった一つ？　残った耳のお世話になっている。

人間の身体はよくしたもので私の片耳は正常の耳二つ分を上まわるほどよく聞こえてくれるらしい。

たとえば、どんなに小さな地震でも、身体に〝ゆれ〟を感じる前に、私の耳には地震がやってくる足音が聞こえ、電話のベルが鳴りひびく前に、私の耳はかすかにその前の電話器の予告音を捕える。

それが、ある日、突然、十五、六歳のころだったろうか、私の耳にいちばん聞こえにくい音は、なんと私自身の声であるということに気がついた。私は五歳から映画界にはいり（当時は無声映画）、八歳でようやくトーキーになったので、年がら年じゅう自分の顔を見たり、声を聞いたりする生活から逃れられぬ運命にあったのだから、「自分の声が聞きとりにくい」のを発見したことはショックであった。

どんなに一生懸命にセリフをしゃべっても、マイクを通して聞こえてくる私の声はモゴモゴとして、めりはりもない一本調子で、面白くないのである。困った。なにしろセリフをしゃべらないことには食べてゆけないのだから。

そのころはもちろんテープレコーダーなどという便利なものはなかったし、あれこれ考えた私は「声楽の発声を習ってみたら」と思い立って、早速に、当時のオペラ界の第一人者である奥田良三、長門美保両先生の門をたたいた。先生は一流でなければ気のすまない私だが、この際どんなに立派な先生でも一人では足りないほど事は緊急を要するのである。

偉い先生方はそれぞれに忙しく、一週間に一度か十日に一度、それも一時間のレッスンしか望めない。二人なら倍の時間のレッスンがとれるという一方的な理由で、私はしゃにむに、代々木八幡と千駄ヶ谷の両先生のお宅へ通った。

幸か不幸か、私の片耳はひどく要領よく出来ていて、だれかが二、三度メロディの見本を示してくれれば歌などスラスラおぼえてしまう。その代わり、いつまでたっても楽譜が読めなかったのである。

弟子入り第一日目、私は簡単な譜面を手渡されてうろたえた。奥田大先生は、と横目で見ると、豪華なエンジ色のガウンを着て、立派なピアノの前にデンと腰をすえ、フクロウの如きデッカイ目玉をむいて、じっと私の口もとをにらみつけている。私のわきの下に冷汗がツイと流れた。絶体絶命、進退ここにきわまった私は必死の思いでおたまじゃくしを追いながら、一音一音、読みあげてみればなんだ、コリャ、ポッポッポ、ハトポッポではないか、私はビックリを通りこしてアホらしくなり、アホらしさを通りこして笑い出しそうになった。

長門先生のほうは、これまた大変で、先生の口が大きくあいて「アー」と音声を発したとたんに、家中の窓ガラスがビリビリと鳴りさわぐのに、私は腰をぬかしそうになった。レッスンを終えて帰途につく私は、不思議におなかがぺこぺこになっていて、コロッケやしょうじん揚げを思い浮かべるだけで、唇のはしにヨダレがにじみ出るのに閉口した。両先生は、とにかくコワかった。が、私はファイトがわいた。なにがなんでもこの先生方にかじりついて、モゴモゴから脱け出さなければならない。

こうして石の上にも三年の後、私の耳はようやくセリフらしいセリフを聞けるようになったのである。モゴモゴがいきなりオペラに弟子入りとは乱暴ではあったが、かえってそのくらいの荒療治が私には向いていたのかもしれない。スウスウともれていた息のすべてが声になり、小声でも大声でも自由自在にピタリとマイクにおさまるようになったのがうれしかった。俳優には最低の条件があるが、セリフを明確にしゃべることはその条件以前のことなのである。私の発声練習の成果は、戦時中、日本軍隊の慰問団の一人として歌った時にも大いに発揮された。ハトポッポは歌わなかったが、広い飛行機の格納庫に作られたステージで、マイクロフォンなしで歌えたのは私だけではなかったろうか？　私にとって、発声の練習は、俳優の仕事を全うするための手段であったけれど、考えてみると、素人でもモゴモゴのご仁は、オペラの発声をこころみるのもむだではないと思う。思いきり、おなかの底から声を出すことは、ストレス解消にも役立つだろうし、明確な、声の美しい会話は相手にも好感を与えるだろう。

近ごろはマイクが発達したので、歌手もだんだん大声を出す訓練をしなくなった。いつか、淡谷のり子女史が「いまの若い連中は、歌手ではなくて、歌屋だ」と言い切って、ゴタついたことがあったが、淡谷さんのことばに、練習を全うしない歌手に対する忠告の意味がふくまれていることをだれが理解しただろうか。私は全面的に淡谷さんのことばに同感した。マイクなどという文明の利器は、あくまで人間が使いこなす物であって、頼るものではないと私は思う。などと、おこがましいことを言ったが、こんなことを言えるのも、ハトポッポからはじまって、きびしくシゴいていただいた奥田、長門両先生のおかげだと、今でも心から感謝している。

耳の話で思い出したが、耳の恐ろしさが身にしみた思い出がもうひとつある。内田百閒先生原作の『頰白先生』という映画に琴をひく場面があり、私は東宝の音楽部長に連れられて、宮城道雄先生のお宅にうかがった。生まれてはじめて「琴」という楽器を見てビックリしている者に、音楽部長はいきなり、「さっさと『六段』と『千鳥の曲』を宮城先生に教えていただけ」と言うのである。

次の日から私は、身も心も縮まる思いの自分をひきずるようにして、稽古に通った。決められた時間に玄関のベルを押すと、静かな奥座敷に、きちんと正座した宮城先生がニコニコして待っていてくださる。私が両手をついておじぎをしても、盲目である宮城先生には見えないのだし、私が若くポチャポチャの少女であることも、先生にとってはまるで関係ないのである。

私の眼の前にすわっているのは、ただ、音を聞くための鋭くきびしい偉大な耳だけなのだ、ということに気づいた時、私はすべてのゴマカシを放棄してカンネンするよりほかなかった。コロリンとひけば「あ、そこは……」と来る、シャンとひけば「ちょっと……」と来る。

私はいっさいの邪念を断ち切って、かみふり乱し、口をゆがめながら、ただ琴の音にのみ全力をそそいだ。そして一週間の後、私はまがりなりにも「千鳥」と「六段」をひけるまでにこぎつけたのであった。

いま、私の手もとに、箏曲を稽古中の古びた写真が一枚残っている。写真の中の私は、かつて自分でも見たことのないほど、真剣で素直な表情をしているのがいじらしく、私はこの写真が大好きである。

優しいアフガン

どこの国にも善人がいれば悪人もいるのが当然で、最近はアフガニスタンで山賊が出たという話もあったけれど、私のアフガニスタン旅行は、人々の美しい笑顔と親切に囲まれて、心豊かな楽しい旅だった。

アフガニスタンはご存知のように砂漠の中にある。

山は岩山、植物といったら貧相なナツメ椰子《やし》だけで、ニューヨークのように大きなビルディングもなければ、フランスのように美味しい料理もない。タクシーも地下鉄も、バアもキャバレーもなければ、安心して飲める水もない。明けても暮れても、眼に映るものは、きびしい砂漠の地平線とラクダの隊商、砂まじりのナム（小麦粉でつくった平たいパン）を売るチャイハナ（軽食堂）と、荷物や人間を乗せた汚いロバ君だけである。

けれど、行き合う人の表情は十人が十人、笑顔であるのがなんとも嬉しい。笑顔を向けられて言いがかりをつける人はいないし、親切をもらって怒る人もない。向けられた笑顔に思わず笑顔をもって応えるとき、私の心にもまだ優しさが残っていたのか、と、私は自分で自分に驚いた。

パリやローマやロンドンに飽食した日本の若者たちの足は、いま、少しずつ中近東に向かっているようだ。

私たち老人は、口を開けば「いまどきの若い奴らは」と眉をひそめるけれど、神経が柔軟で感受性の強い若者たちは、中近東に住む人々の素朴さと優しさに、心のオアシスを求めているのかもしれない。

中近東にはたしかに、私たち日本人の忘れている大切なものが、まるで星屑のように輝いている。

果てしなく広がる砂漠の一本道を、村へマッチでも買いにゆくのだろうか、胸に孫を抱きかかえた、白髭のお爺さんが、ロバに乗ってトコトコと歩んでいるのを、私は見た。お爺さんも孫も、平和そのものの笑顔で、なにやら楽しげに語り合っていた……。

あの二人の笑顔が忘れられない。

エジプトのヘチマ

天下太平、海外旅行ブームである。私たち夫婦も旅行が好きで、なんだかんだと理由をつけては海外へ飛び出す。はじめのうちはお値段の格好な団体ツアーに参加していたけれど、このごろではおトシのせいか盛りだくさんで忙しい団体のテンポにはついてゆけなくなり、少々旅行ずれもしたので、中国、アフガニスタン、パキスタン、エジプトなどあまり人の行かない国をノソノソと歩いている。ふしぎなもので、外国へいってみると、普段は気づかない日本の良さや悪さが見えてくる。とつぜんに日本国が愛しくなったりニクらしくなったりするのは何時も外国にいるときで、フーテンの寅さんじゃないけれど、人間はいつも生まれ故郷をひきずって歩いているらしい。

エジプトのカイロで、私たち夫婦は観光局さしまわしのベンツに乗って何日か走りまわった。言葉は通じないけれど親切な運転手さんだったので、私は日本から持っていった目覚し時計をお礼のつもりで進呈した。けれど、それ以来、どうも彼の態度がおかしくなってしまった。キョロキョロソワソワとして落ちつかないのである。やがてベンツは、カイロで最も古いといわれるイスラム教の寺院の前で止った。寺院を見学するためにベンツからおりた私は、思わず目をみはった。

寺院の前に並んだ屋台のひとつに、ヘチマが山のように積まれていたからである。エジプトの人も、日本人と同じように、ヘチマで身体を洗うのかしら？　私はなんとなく嬉しい気持ちで、屋台に歩みよって一本のヘチマを手に取ってみた。そこへ矢のように走ってきたのが、くだんの運転手だった。彼は私の手からヘチマをひったくり、ひどくあわててズボンのポケットから小銭を出して、そのヘチマを買いとった。そして、あらためて自分の手から私の手にヘチマを渡すと、ペコリと頭を下げてニッと白い歯を出して笑った。彼は私にヘチマを買ってくれたのである。

私はそのとき、ようやく、彼のキョロキョロソワソワが理解できた。目覚し時計をもらってから、彼の頭の中はただ、ただ、「お返し」のことで一杯だったにちがいない。エジプトのヘチマはへんにチクチクとして埃だらけだったけれど、私は心から嬉しくありがたく、そのヘチマをいただいた。

ズン胴の器

世の中にふしぎなことは数々あるけれど、私がいつもふしぎにおもうのは、人間の顔つきがそれぞれに違うように、なぜ、人間千差万別に趣味嗜好が違うのか？　というのがふしぎでならない。

食べものの好みは幼時の環境によって多分に影響されるということだけれど、「この人はなぜ水玉模様が好きなのか？」「この人はなぜ白いブラウスが好きなのか？」……これればかりは世界中の学者先生たちが額をあつめて考えてもシカとした解答は出ないのじゃないか、とおもう。

例えばこの私。物心もつかないガキのころから、着るもの、持つもの、使うもの、その他のすべてが、ゴタゴタとややこしく、つまり装飾過多のものが嫌いだった。和服も洋服も殆どが無地であり、家具調度も、どちらかというとヘナヘナと曲がりくねった線のものよりスッキリとした直線のものが好ましく、アクセサリーもせいぜい二色で出来ているもの、という風に、誰に教えられたわけでもないのに、嫌いなものは片っ端からはじき飛ばしてガンコに自分の好みを押し通してきた。

家の中にある陶器類の中でも、いちばん気に入っているのは、竹をストン！　と切ったようなズン胴単純な形のもので、もともとは筆筒か箸立てか線香立てか、煙草盆の火入れだったものだろう。中年女性のズン胴はあまりステキとはいえないけれど、ズン胴陶器は安定感があって、どこに置いても納まりがいい。

最近、うちの夫・ドッコイが上海から安もののズン胴雑器を抱えて来た。氏素性のほどは分らない。長い間、漢方薬店か書店などの帳場に納まって筆を投げこまれていた筆筒かしら？　それでなければ、大衆食堂のテーブルの真ん中にでも置かれていて、例の竹製の長い中国箸でもガチャガチャとつっこまれていた箸立てかしら？　それからそれへと想像をめぐらせていくのもまた楽しみのひとつである。

直径五センチばかりのチビの染めつけは、生まれは線香立てだったらしいけれど、まるで鉄漿《おはぐろ》をつけた若女房のように様子がよくてなまめかしく、私は筆筒にして愛用している。

灰皿

わが家には一見して灰皿らしい灰皿がない。

〝灰皿とはこういう形のもの〟という確としたきまりがあるわけではないし、灰皿とは読んで字のごとしで〝灰を捨てるための皿〟なのだから、その役を足すものならば何を使っても自由だろう。よごれればただちに取り替えなければいけないから、いくつあっても多すぎるということもないし、とっかえひっかえ違う灰皿が出てくるのも、来客へのささやかなもてなしになるだろうと思う。たまには固定観念にとらわれずにこうした生活の遊びをしてみるのも意外と楽しいものである。

灰皿ばかりでなく、たとえば着物の端ぎれがあるとする。帯のきれはしが残るとする。私はそれを何に生かそうかと布を前にして頭をヒネる。

私はどちらかというと、家の中でモソモソしているほうが好きなので、こうしたこ

とが何よりの楽しみなのである。

ある日、来客用のおしぼり入れをさがしにデパートへ行った。竹製のもの、一閑張り(器物に紙を張って朱漆にしたもの)のもの、プラスチックのもの、と種類はいろいろあったが、めいめいの入れ物におしぼりがのったさまはどうも料理屋めいておもしろくない。結局、私が買ってきたのは、おけの形をした杯洗であった。杯洗は日本酒の杯をやりとりするためのもので、現在は、そういうあまり清潔でない習慣は少なくなってきているから、私の見つけた杯洗も商品ケースのすみっこに押しやられてしょんぼりしていたが、持って帰って五色の大きなおしぼりを山盛りにしたら、なかなかオツな感じで私は大いに満足した。

そんなわけで、灰皿も全く種々雑多だ。古い香炉、青磁の皿、卵焼き用の小鉢、はんぱ物の中国の皿、聖水鉢のミニチュア、中国菜の器、銅製の鍋、大正時代の氷水のコップ。こうしたものが、手当たりしだいにテーブルに出てくる。

写真の器は、バンコクの古道具屋でみつけた仏具というのだろうか、仏様へのお供物を盛った容器である。あまりに色が美しいので持ち帰ってはみたものの、どうという使い道もないままに、灰皿の仲間入りとなった。

飾り棚

私は小さいころからお人形というものを買ったことがない。というよりも、どっちかといえば好きではなかった。子どもの時から子役として映画界で忙しく働いていたので、あちこちからいただくいろいろなお人形がうちじゅうにあふれて、いささか食傷ぎみだったせいかもしれない。『馬』という映画のロケーション先で、有名な鳴子こけしを一つ買ったら、今度は、こけしを収集しているというデマ（？）が飛んで、うちじゅうがこけしだらけになったことがある。

およそ女の子らしくなかった私は、十代のころから古道具屋や骨董屋の店先をのぞく楽しみを覚えた。何もわからぬ若い娘が骨董屋の店先をウロついている風景は珍妙だったが、これには私なりのちょっとしたわけがあった。たまの休みに銀座へでも行ってウインドーショッピングを楽しもうとしても、すぐ人だかりがして、裏口から逃げ出したりしなければならない息苦しさと、常に人の目を意識している自分へのいたわりが、いつの間にか私を骨董屋へ逃避させたのだった。いつとびこんでもここばかりは森閑としていて、サインを強要されたり、人だかりがする心配もない。そして、古いつぼや皿や茶碗を見ていると、不思議に心が落ち着いた。あまりしげしげと道具屋へ通うので、そのうち主人とも顔見知りになり、あがりがまちへ腰をおろしてお茶などごちそうになるようになり、いよいよ私の最高のいこいの場になった。

私がいちばんはじめに買ったのは、赤絵の小さな油つぼだった。その次はタコからくさの徳利を花瓶用に、その次は伊万里のそばチョコを買った。若い娘が、アクセサリーやブラウスの代りに骨董を買おうというのだから、もちろん由緒ある高価なものなど買えるわけがない。いうなれば、がらくた、半端もののたぐいである。それでも私はうちの中に古い匂いが一つ一つふえていくのが楽しくてたまらなかった。

私は使用に耐えないもの、しまい込んでおくものは買わない性質なので、全部出しっ放しだから収拾がつかない。必要に迫られて、そのがらくたを載せる小棚をさがしはじめた。いちばん気に入っているのは、フランス製の古い楽譜入れで、もともと女性用なのだろう、いかにも華奢で愛らしい作りである。

ソファー

フランスでの食事時間は大体二時間、働くために食べるのではなく、食べるために働くのだそうで、貧富の差なくこの二時間の楽しみはガンとして守りぬく。一年中せかせかと目くるめいている日本ではなかなかそうもゆかず、五、六分でザルソバを流しこんで薬味のネギのにおいをプンプンさせながら商談をしたり、サンドイッチを鼻に食べそうな格好で書きものをしたりは珍しい風景ではない。

私の家も商売柄、人の出入りは多いが、ソファーにゆったりと背をもたせかけて話す人は十人に二人とはいない。大ていは腰をちょっとイスにひっかけて前に乗り出し、地震でもあればすぐ飛び出せて便利だろうが、どうみても西洋便所で本でも読んでいる格好である。広く浅くの貧乏性がこんなところにも悲しい顔をだす。

せいぜいゆったりと深くソファーに腰をおろして実のある話合いをしたいものだ。

桃太郎

「俳優」という職業は、ふつう、当人が好きで希望してなるものだろう、とおもう。が、私の場合は、物心もつかぬ五歳のときに映画界へ放り込まれ、好きもへったくれもなく撮影所の中をウロついて、「アレ？」と気がついたら「俳優」になっちまっていた、というのが真実の声である。映画の仕事ももちろん苦手だったけれど、何十回も同じ演技をくりかえす舞台出演は私にとって、心底苦痛だった。

戦争中の、たしか昭和十八年の秋、当時十八歳だった私は、有楽町の宝塚劇場で一ヵ月間、『桃太郎』というミュージカルに出演した。戦時中には珍しい一大ミュージカル公演というので、連日、超満員に次ぐ超満員だった。千秋楽に近いころ、ミュージカル『桃太郎』は、好評に応えて引き続き大阪の北野劇場で再び一ヵ月の公演を、ということに決った。私は泣きたくなった。イヤだった。もうたくさんだった。助け

伽噺桃太郎

日本一

てくれェ！　という気持ちだった。けれど誰も私を助けてくれず、「おめでとう……、よかったね」という、とんでもない言葉ばかりが賑やかに私を包んだ。

なんとか逃げ出す方法はないものか？……。あるマチネーの日、私は日の丸の鉢巻き、鎧に手甲脚絆、草鞋《わらじ》ばき、という桃太郎の扮装のまま、オシッコにゆくふりをして、トイレットに隠れて、息を殺してしゃがんでいた。

「ああ、このまま消えてなくなりたい。この劇場が地震で崩れてしまえばいい。いや、大火事になって公演が中止になればいい……。奇蹟よ、起これ！」

五分たち、十分たっても、奇蹟は起こらず、その代りに、トイレの中にまで備えられているスピーカーから開幕のベルに続いてプロローグのオーケストラが聞こえてきた。

「モーモカラウマレタ、モモタロウ……ニッポンイチノモモタロウ……キーハヤサシクテ、チカラモチ、ニッポンイチノ、モモタロウ……」

オーケストラボックスで、一心に指揮棒を振っている指揮者の顔、演出の白井鉄造先生の顔、そして、猿役のエノケンさん、雉子役の灰田勝彦さん、犬役の岸井明さん、その他の俳優さんや裏方の人々の顔が、いちどきにワッと私の眼の前に現れた。

「主役の桃太郎がいなかったら？」と思ったとたんに、私はトイレのドアを蹴やぶるようにして、花道への通路を走っていた。小道具さんに渡された、「日本一」と書かれた旗を右手に握り、サッ！　と引かれた揚げ幕から、私は花道を歩き出した。湧きおこる拍手の中を、私はしっかりと足を踏みしめて本舞台へと進んで行った……。

俳優の仕事に「私」は無い。

あるのは、選ばれた人間の「責任」だけである。

雲がくれならぬ、トイレがくれのおかげで、私は「責任」という、俳優としての第一条件を自覚し、ようやく、プロへの階段を登りはじめたのだった。

「モーモカラウマレタ、モモタロウ……」という懐かしいメロディを耳にするたびに、宝塚劇場の楽屋のトイレットの中で、じっとしゃがんでいた自分の姿が浮かんできて、今でもおもわず苦笑いが出る。

文鎮

私は、夫・ドッコイ氏の仕事部屋にはあまり入らないことにしている。なぜなら、その目も当てられない乱雑さに、つい手がのびて、ちょこまかと掃除がしたくなるからで、もし掃除をすれば、「なにがなんだか分からなくなっちまったじゃないか!」と、夫に怒られるから、である。

書きかけの原稿用紙の上、開きっ放しの辞書の上、未整理の手紙の上などに一個ずつ座りこんで番人をしているのが文鎮たちだけれど、これがまた重けりゃなんでもいい、というわけにはいかないらしく、ノッカーとか大メタルとか石ころとか、ふしぎなものが文鎮として使われている。男の人はどこか子供っぽいところがあるから、これらのふしぎ文鎮も、夫にとっての格好なオモチャなのかもしれない。いちばん愛用しているのは、パリの蚤の市でみつけた十センチほどのズッシリと重いアイロンである。実際に使われていたものらしく「3」という番号と、錨が浮き出ている。

扇

男に捨てられて、顧みられない女を、昔の人は〝秋の扇〟などと言った。夏の間は肌身離さず愛しても、秋風が吹けばもはや扇の風に用はない、という男のかってな心。

女を扇にたとえた含蓄のある形容がにくいほどにしゃれている。

近ごろは、用さえ足りればそれでよしとばかりに、言葉が単なる符号のようになり果て、味も素気もなくなって、ただあわただしく乱暴な時代だから、こんな形容もすでに過去のものか？　と思うとちょっと心さびしい。

もっとも、夏になっても屋内に冷房が行き届いてきたせいか、扇子を持つ人も少ないようで、扇子そのものが忘れられていくのではいたしかたもない。

しかし、和服の場合には、扇子は、一年じゅうを通して実用品を越えて礼儀上の必

需品である。

たとえば、能や日本舞踊の始めと終わりに自分のひざ前に扇子を置くのは、相手との間に一線をひくという意味で礼儀にかなった所作であるように、和服で正式な場所に出るときは帯の間に小扇子をのぞかせるのが常識になっている。

扇子をバタバタさせて涼をとる時代はなくなっても、和服の小扇子だけは、日本人の常識として、美しい習慣として、末長く残ってほしいと思う。

これは中国旅行のおりに上海で見つけた白檀の扇子。

ひすいの耳飾りをつけた中国美人が、やんわりと宙をあおいで相手に芳香を送る、なまめかしい風景が目に浮かぶ。

お香

私は香水が好きだが、それにも増して、日本のお香が好きだ。

木の色も落ち着いた日本座敷に、ほのかにお香のかおりがただよっている風景に接すると、「我、よくぞ日本人に生まれけり」と、うれしくなる。

先年、中国へ旅行したときも、バカの一つおぼえのように「香《シャン》、香《シャン》」とさがしまわり、北京や上海でお香を買いあさってきたが、日本へ帰ってきてたいてみると、いかにも濃厚で息がつまりそうになって驚いた。やはり、その国にはその国に合った匂いというものがあるようで、日本人には、どちらかというと、あわい花のかおりくらいがちょうどいいように思った。

わが家には残念にも日本間がないが、それでも来客を迎えるときには、お香をたいて、もてなしの一つにしている。ことに冬は、部屋の空気が古く（？）なっているし、ごちそうの下ごしらえのにおいなどもただよっていてぐあいが悪い。来客到着の三十分ほど前に家じゅうの窓をあけ放し、空気を入れ替えてからお香をたくのがわが家のしきたりである。

香は線香タイプのものが簡単で便利だが、どうしても気に入った匂いのものが見つからない。といって、火鉢がないので、私の好きな練り香を埋めるぬく灰もない。いろいろ考えた末、古くなったお茶こしに練り香を一粒入れて、ピーナッツでもいるようにガス台の上で気長にころがしてみたが、思うような効果が出なくてあきらめた。最近、お香をたくための電熱器が売り出されたと聞いて、「やれ、うれしや」と飛んで買いにいったが、バカげて大きい蚊とり線香たきのようなもので、とても部屋の中に置く気になれず、がっかりした。

格好な器具がみつかるまで練り香はあきらめて、いまは仏壇やお墓に供えるお線香をくゆらせてゴマ化すことにしている。

帯

私は、俗におたいこという女の人の帯をみるたびに、不思議で仕方がない。なぜ、あのように幅の広い長々としたものを胴にまきつけ、そのうえ、帯あげや帯止めで体に固定しなければならないのか。外国人が「日本人はみんなセムシなのか？」と、首をかしげた気持ちがわからないでもない。

もともと、帯というものは衣裳を体に固定させるための必需品であったのが、だんだんに発達して、江戸時代のころからきものの装飾に大きな役割をもつようになったという。

帯なんていう無用の長物はやめにして、細帯かへこ帯で間に合わせておけ、といってもそうはゆかない。不思議であろうがセムシに見えようが、帯は和服のポイントでいうなれば、なくてはならないおへそのようなものである。きものと帯は、二本の箸

のように切っても切れぬ縁に結ばれていて、お互いが持ちつ持たれつ、相互扶助の関係にあるのだから仕方がない。

帯に虫を置けば、きものに秋草を配し、きものに花が咲けば、帯には蝶々が舞うといった案配にうつつをぬかすのが、きもの愛好者の無上の楽しみでもある。

帯の結び方も昔から種々あるが、最近、一部の女性の間には、しょいあげの中に大きなアンコを入れず、つの出しとか、ひきしめといった、くにゃりと自然な結び方が流行《はや》っているらしい。帯そのものは認めざるを得ないとしても、なんとか常識から脱したいという気風が、逆に流行を昔に戻しつつあるのが面白い。

おたいこ結び一つにしても、人それぞれに個性や常識があり、暗然のうちに、その人の職業や人となりを背中に現わしていることになる。私の見るところでは、芸妓は四角に大きめで、バーのホステスはくんにゃりと中高に、ミセスは下目にゆったりと、ミスはきちんと胸高に、と大体四種類ほどに分かれているようである。

めったにきものを着ないくせに、きもの好きな私の好みからいえば、帯はあくまで自然な感じで女の胴に巻きついていて、関西風に言えばはんなりといった調子に結ばれているのが、最高に着こなしのうまい人だと思っている。

キー・ホルダー

団地やマイ・カー族がふえて、だれもが幾つかの鍵を持ち歩くようになった。それが証拠には、最近、外国からのおみやげなどに、キー・ホルダーはとても喜ばれる。以前の日本で鍵といえば、一家の主婦が貴重品のはいっているたんすの小引出しの鍵をがま口の中に管理しているくらいものだったが、いまや、表玄関のドアの鍵から、自動車の鍵、たんすの鍵、金庫の鍵から中にはごていねいに冷蔵庫やテレビの鍵まで、ジャラジャラとキー・ホルダーにひしめくようになった。日本人の生活がいかに大きく変化しつつあるか、ということだろう。そこでやむなく〝鍵っ子〟などという現象も生まれてくるのだろうが、鍵一つで家の出入りが処理されるという、一見近代的な個人生活の長所の代わりに、向こう三軒両隣といった、昔ながらの日本人の人情のこまやかさのようなものはしだいに薄れていくようでちょっと心さびしくもある。昔のように祝いごとがあれば赤飯をたいて隣近所にその喜びを分けたり、年の暮れには年越しそばを配ったりする習慣を知らない若い人も多くなった。

先年、中国へ旅行をしたとき、外出のときホテルの部屋の鍵をボーイに渡したら、ボーイがその鍵をまたドアの鍵穴にさし込んでにっこり笑った。あとで掃除でもするのか、と心を残しながら外出をしてもどってみると、鍵は依然として鍵穴にぶら下がっていて、部屋の中はきれいにかたづいていた。つまり、現在の中国では、鍵などという物騒(?)なしろものは全く不必要なものになっていて、ホテルでは外国人用の〝気休め〟のために置いてあるのだ、ということだった。

メキシコで聞いた話だが、メキシコの〝鍵屋〟の技術は実に優秀で、ある鍵を見せれば十五分間で全く同じ鍵を作り、それもたったの一ペソ(日本金二十五円ほど)だそうである。したがって泥棒も多く、一度泥棒にはいられたらさっそく鍵をとりかえることになっているそうである。鍵のない生活と、家のまわりに高々とそびえるへいのない生活がもしできたら、それが真実のパラダイスというものではないかしら。

あの鍵、この鍵と、大小いり交じってキー・ホルダーにしがみついている鍵を見ながら、私はうっすらと自己嫌悪じみたものを感じていた。

5 F
1823

手燭

アメリカのレストランはとても暗い。

テーブルの上に小さなキャンドルがほのかな光を放っているだけで、メニューもロクに読めないし、大げさに言えば自分のお皿になにがのっているのかも見えないほど暗い。

「電気代を節約しているわけでもないでしょうに、どうしてこんなに暗いのよ」と、ブツブツ文句を言ったら、アメリカ人の友人が、「家庭ではなかなかキャンドルディナーなんてできないから、せめてレストランへ雰囲気を楽しみに来るんでしょう。それからもうひとつの理由は、顔を合わせちゃマズイ人とも、お互いに見えないようにするためにもね」と、片目をつぶってみせた。

言われてみて、はじめて私は納得がいった。アメリカの家庭に招かれるとき、もし

も「シャンペンディナー」か「キャンドルディナー」だったら、最高のもてなしである、と聞いたことがあったからである。

わが家ではキャンドルディナーなどというオツなことはしないけれど、私はローソクの静かな炎を見るのが好きなので、美しいローソクをみつけるとすぐ欲しくなってしまう。

ローソクをただ寝転がしておくわけにもいかないので、自然に燭台も幾つか集ってしまい、それぞれに色とりどりのローソクを頭にのせて鎮座している。

わが家の燭台のピカ一スターは、香港の古道具屋から大切に胸に抱いて持ち帰ったもので、白玉とトルコ石とサンゴで飾られたこの燭台にローソクを灯して眺めていると、昔、漢の親和政策のために匈奴の首長に嫁がされた美人、王昭君が、蒙古の包《パオ》の中で砂嵐の音を聞きながら故郷恋しさに泣きぬれている……といったイメージが浮かんでくる。

足袋

「足袋」と書いて「タビ」と発音するのも不思議だが、足《あし》の袋《ふくろ》とはまた無造作な名前をつけたものである。つくづく見れば親指だけ別棟？　になったその形も実に奇妙なもので、足袋をはじめて見た人は誰だってビックリするに違いない。

新派の花柳章太郎丈が御存命のころ、花柳夫妻と私たち夫婦の四人で、二週間ばかりパリに遊んだことがあった。部屋は隣で境の扉は開けっ放し、アットホームな生活だった。ある朝、おとなりで「ウワアッ」というお二人の声に飛んでゆくと、化粧ダンスの前に白足袋が一足、チョコンと置かれていて、御夫妻が口をあんぐり開けたままそれを眺めているところだった。私もつられて口をあけたが、次の瞬間三人同時にゲラゲラと笑い出してしまった。洗濯から届いたばかりのその足袋は、足袋というより靴に近かった。まるで白いブーツのように足なりの形にアイロンされて、ごていねいにコハゼまでかかっていたのである。たぶん、靴の木型でも中に押しこんで克明にアイロンをかけたのだろう。生まれて初めて足袋を見たフランス人の洗濯屋の困った顔が目に浮かんで、おかしいやら気の毒やらで、私たちはしばらく笑いが止まらなかった。もともと、足袋のルーツは中国で、日本ではわらじをはく必要からつま先を割るように改良されたらしいけれど、足袋だけで歩いたこともあったから、底が厚く出来ている。フランスの洗濯屋はたぶん、日本人が足袋でパリの街を歩く、と思ったにちがいない。外国旅行では、ときどきこんなこっけいな、思いがけないことが起きるものである。

私が『無法松の一生』という映画で吉岡夫人を演じたとき、ある新聞の批評に「吉岡夫人の白足袋が目にしみるように印象的であった」という一行があった。その一行が私の心に妙にさわやかな記憶となって残っている。足袋を「白」と決めたのはどこのだれか知らないが、足もとのいちばん汚れるところにいちばん汚れのはげしい白をもってきたことは、小面憎いほどの洒落《しやれ》ものであったと思う。私は「能」を見るのが好きだ。みじかめにつけた装束のすそからピッチリとした白足袋が、鏡のような能舞台に白い影をうつしながらすべるのが、なんとも言えない魅力なのである。

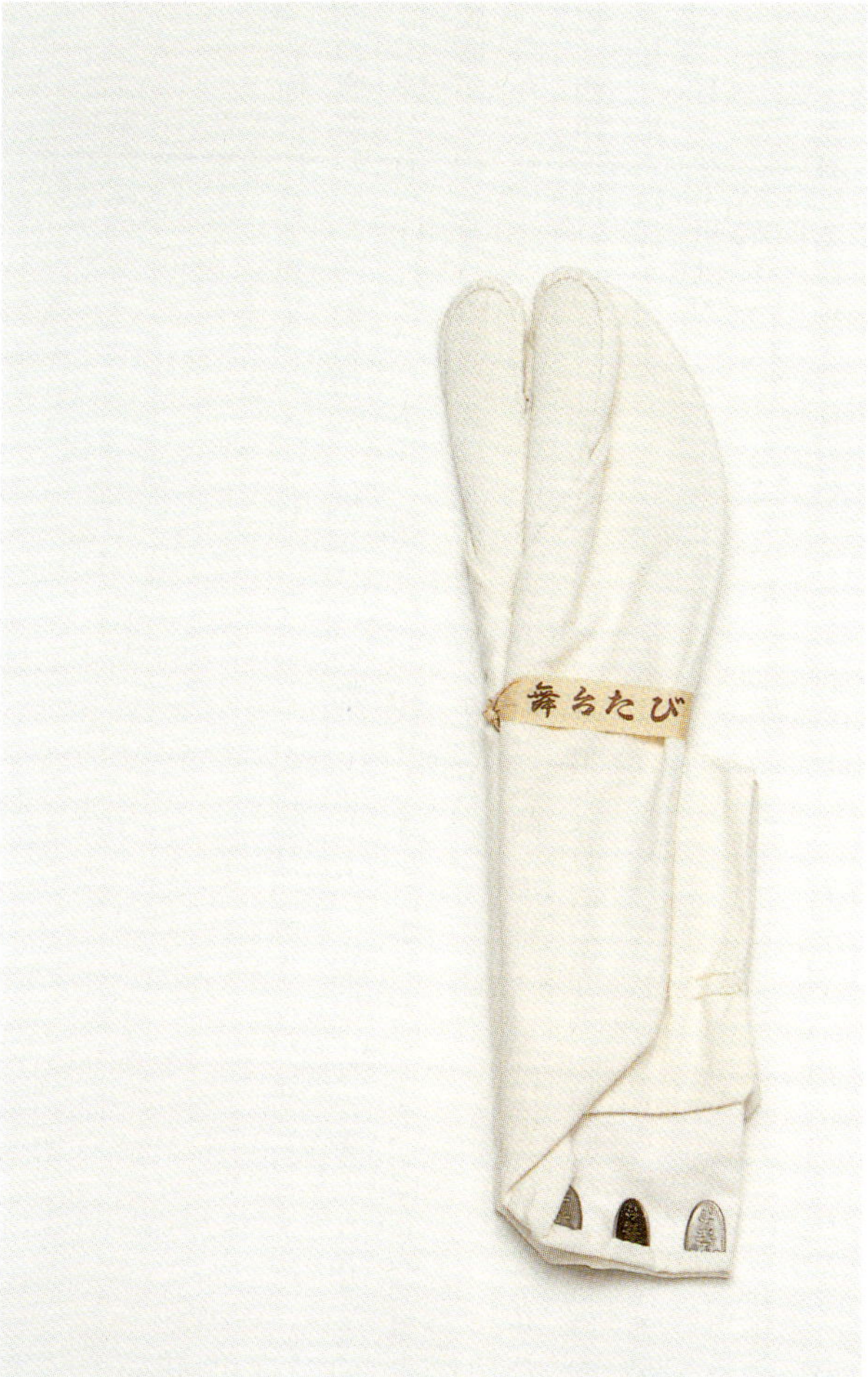
舞台たび

黒

「お悔みに行くのよ、つらいわ」。そう言ってお隣りの奥さんが坂をおりて行った。その喪服のうしろ姿を見て、「黒っていいな」と思った。喪服の女が美しく見えるのは定評があるけれど、しかし、潤《うる》んだ心と伏せたまぶたがあってこそ、はじめて黒の喪服がものを言うので、黒は気持ちで着る色だと、つくづく思う。

白も黒も、のっぴきならない色である。白は気高く潔癖で、黒は内にひかえて沈む色。西洋ではいきな色とされている黒も、日本では政治の黒幕、腹黒いやつ、相撲の黒星、犯人は黒か白かなどと、ろくな形容には使われないし、せんじつめれば抹香臭《まっこうくさ》く、しょせん黒は凶に通じる色である。

着こなし上手《じょうず》といわれる人にも、黒はなかなかの難物である。若い人には似合わないし、乱暴に着ればやぼになる。人生の雨風をくぐった年輪を、黒一色で生かすか殺

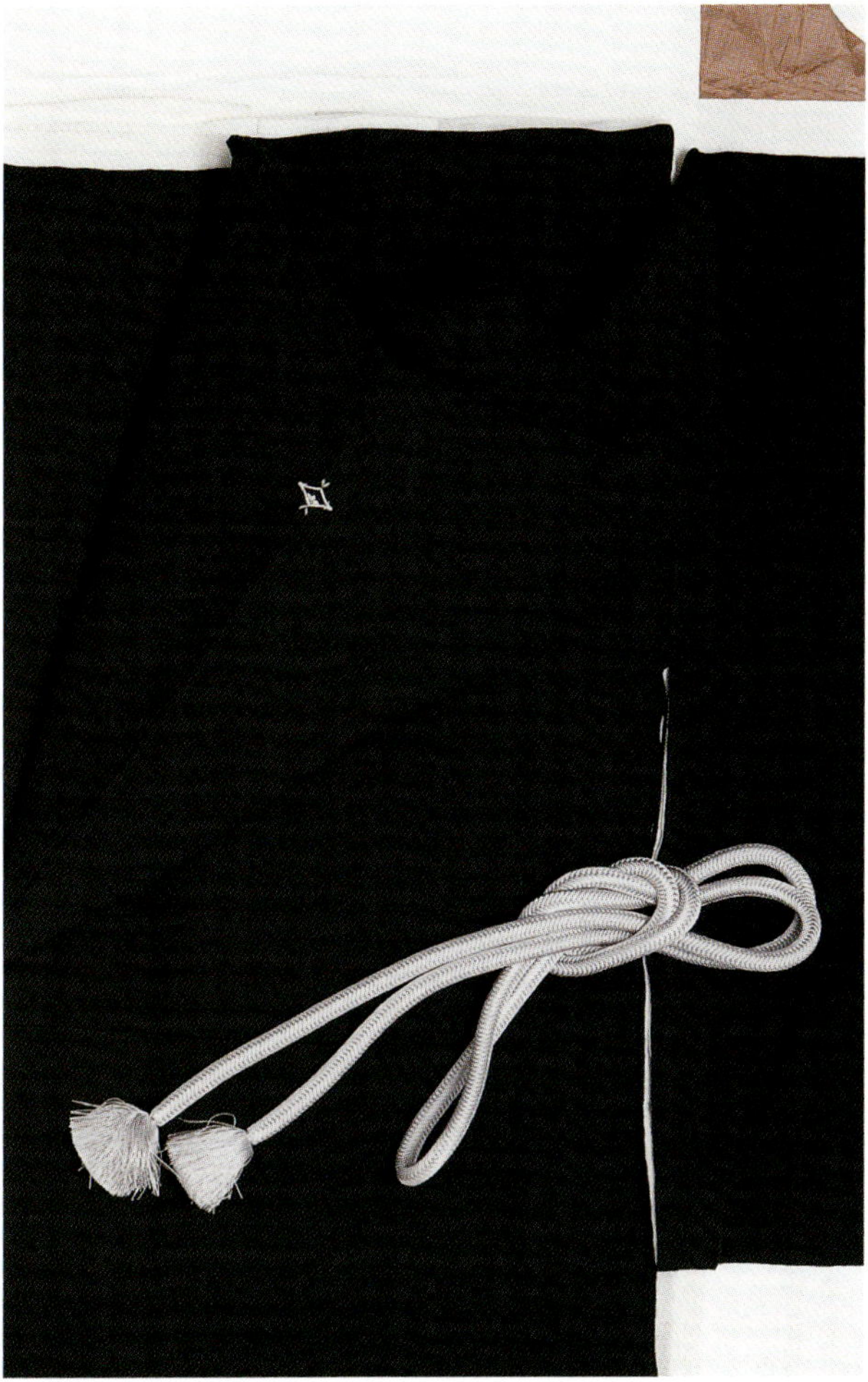

すかは、その人のセンス一つである。つまり、黒は一癖も二癖もある人の着る色と言ってしまえば、黒が似合うというのは、あまり自慢にもならないことかもしれない。いずれにしても、黒を着るのはちょっと〝かくご〟のいることである。

雀の巣

たった一度会っても忘れられない人と、何度会っても印象すら残らない人がいる。

小針さんは鳶者《とび》の一人である。わが家が新築した時に雑仕事いっさいを引きうけて、人の陰にかくれるようにして黙々と働いた。骨おしみをせず、仕事が親切で、気性はさっぱりとしていて、私たちはすぐ小針さんを好きになった。紺のハッピにパッチをつけ、紺の地下足袋というこしらえはイナセで彼によく似合ったが、角刈りの下に光る一方の目が寄り目であった。それを意識するのか、話しかけると後ずさりをしながら横顔をみせるのがくせだった。小さい頃から高い所へ上るのが好きで鳶になったと言い、自分の手で自分の家を建てるのがたった一つの願望だと聞いた。わが家が完成するまで、せんべいぶとん一枚、はだか電球一つで屋根裏で夜番をしていたので、女中さんたちも私たち夫婦も小針さんと別れるのが淋しかった。

その小針さんがこのお正月にヒョッコリと台所口から顔を見せた。家中がなつかしがって台所へ集ると、彼は久し振りに例の横顔をみせてはにかんだ。このつぎに来たら、お風呂場のエントツに住みついた雀の巣を取りのぞいてもらう約束をして、お年玉の袋を押しいただきながら彼は帰って行った。

それから三、四日たった大雨のつぎの日、小針さんは突然死んでしまった。横浜の方の建築場で崖くずれの下じきになって、即死だったそうである。大勢の鳶の人達の中で、小針さん一人だけが死んだ。ただでも足場の悪い建築場で、とっさの崖くずれに小針さんの目は逃げ場を失ったのだろう。あの目のために高い所へ上りたくて鳶になった彼はあの目のために土に埋もれて死んだ。

お風呂場のエントツの中で、今日も雀がカサコソと羽音をたて、チュンチュンと鳴いている。私たちはこの頃もう雀のことをいわなくなった。いくらいっても、小針さんはもう雀の巣をとりには来ない。他の人には、とって欲しくないような気もする。雀が火傷でもしないかぎりエントツの中へ置いてやろうと思っている。私たちは彼の名前も年も知らない。けれど、あの横顔だけが胸の中に焼きついて離れない。

講演

最近、恥ずかしながらチョクチョクと「講演」のようなものをするようになった。

講演は一度やったらキリがない、と聞いていたけれど、世の中人手不足のせいか、講演依頼の手紙と電話のこない日はない。

講演会の主旨や名目、会場、日時、交通、宿泊の有無、講演のタイトル、講演料、などの打ち合わせは、たいてい先方との電話や手紙のやりとりで決定するが、これが十人十色、なかなか個性的で面白い。

電話も手紙も要領が悪くていっこうに埒があかない人。電話口で上がってしまってしどろもどろになる人もいれば、事前に用意されたメモの箇条書きを明快に読みあげる、というソツのない人もいる。

断わればパッと諦める人、執拗にねばる人、そして手紙もタイプで打ってくる人、ペン書きの人、筆がきの人と、さまざまである。

昨年の暮れに、ある大会社からタイプで打った依頼状が来た。正月にはハワイへいったりしたのでこちらのスケジュールがとれず、彼と私との間に何度か手紙の往復があった。私の自筆の手紙に対して、先方からの返事も自筆に変わり、きちんとした字の横書きで、整然とした文章に好感が持てたので、私は喜んで講演をひき受けた。

講演会が近づいたある日、日時の確認の手紙と共に、一枚は私のためのもの、一枚は運転手のためのものだろうと思われる、新宿の会場までの地図が送られてきた。そして、講演会の前日に、電話が入った。

「……一方的な判断で申しわけありませんが、当日の会場のバックは、紺と紫が交ざったような色のカーテンの前に白のレースを張りました。演壇のクロスも同色の布地にいたしましたので、なるべくなら明るい色のお洋服がよろしいかと思います」

「ハイハイ、分りました。明るい色を着てゆきます」

「当日は三十分ほど早めにお出で願いまして、一応、演壇の高さ、マイクの位置などを御確認いただきたいと思います」

「ハイハイ、そういたします」

「それから、演壇の横に、花を置きたいと思いますが……」

「花？　花なんか要らないでしょ？」

「でも……。一時間あまりも大勢の人に瞠められているとお疲れになるでしょうし、高峰さんをジッと瞠めている人たちも疲れるだろうと思いまして、せめてお花でも置いて……」

私は思わず笑い出してしまい、「ハイハイ、よろしく」と言って電話を切った。しかし、あとで考えてみて、彼のしつこいほどの神経の濃やかさ、そして、自分の身になってものごとを考える周到さに、私は感動した。そして、こんな社員を持つ会社はしあわせだな、と思った。

当日。講演時間の三十分前に、私ははじめて彼と対面をした。年のころは五十歳前後だろうか、手入れの行きとどいたグレーの髪に細いメタルフレームの眼鏡がよく似合い、濃紺の背広には埃ひとつ見当らず、奥さんのこまやかな心づかいが感じられて、こころよかった。

しかし、演壇わきの大花瓶にごっそりと活けられた花たるや、黄色の菊に赤とピンクのカーネーションという、実にとてつもない組合せで、私はビックリしたけれど、花屋が運び込んだ花の趣味まで、ステキな彼の責任にしてはあまりにもお気の毒というものである。私は、そのケバケバしい花の横につっ立って、一時間二十分の講演をすませて会場を出た。

彼はその後も、あの緻密な神経を総動員しながら会社のために働いているだろうか？「そういうのはね、きっとヤな奴だよ、しつこくて、こまかくてサ」という陰の声も聞こえないわけではない。彼のような人は、往々にして、ある種の社員には敬遠されるものだ、ということを私も知っている。が、仕事というものは「せいぜいしつこいくらいがよろしい」と、私は思っている。

このごろの世の中は、無礼、無造作、無神経が横行するばっかりで、しつこくない人が多すぎるからである。

文章修行

私は昭和五十年に『私の渡世日記』という、やくざな文章を書いた。それが上下二冊の単行本として出版されてから、私は大勢の方たちからお手紙を頂戴した。その中には、「小学校も出ていないのに、なぜ文章が書けるのか？」「義務教育も受けていない人間が書いた文章とは信じられない」というような、「文章」そのものに関する手紙がたいへんに多かったのが意外に思えた。

手紙ばかりではなく、ゴーストライターがいたのだろう、とか、ダンナに書いてもらったのだろう、と、テンから信じていた人もあったようで、将棋の升田幸三サンに至っては、私の顔を見るなり開口一番、「朝日もよく調べて書いとるなア」ときたのには、私はビックリするより先にガックリしたものである。

「学校を出ていない人間が文章を書くことが、そんなに不思議なことなのか？」

と、私自身もあらためて考えてみたが、考えれば考えるほど、書けないほうが不思議なので、ほんとうはもう少しマシな文章が書けて当然ではないかしら？　と私は思うのである。なぜなら、学校こそ行かなかったけれど、物心ついたころから私の生きてきた道は、常に文章と道づれで歩いて来たようなものだったからである。

私は、数えの五歳から映画の子役になったが、当時はともかくとして、十歳のころからは自分が出演する映画の脚本は自分で読んだ。ごくあたりまえのことである。過去五十年間に、私の出演した映画その他の本数は約四百本。二十歳をすぎてからは自分で脚本を選べる立場になったから、読んで出演をキャンセルした脚本を足せば、出演本数をはるかに上まわる勘定になる。

昭和三十年に私は結婚した。その翌年、主人が腎臓結核にかかり、医師に「机ベッタリ」の生活を禁じられたので、私が口述筆記を引き受ける羽目になり、あけてもくれても鉛筆片手に原稿用紙に向かうことになった。松山の書いた脚本は、映画、テレビ、舞台、ラジオを合わせれば、これも二百本や三百本ではきかない。私の下手クソな字で埋められた原稿用紙を積み上げれば、私の背丈の何倍にもなるだろう。そして二十余年が過ぎた。私の右手の中指はペンだこが固まって異様に太くなった。

シナリオ作家志望者はまず師匠の脚本の口述筆記をすることから勉強をはじめる。十本、二十本、と筆記をしている内に、シナリオの書きかた、作劇法、構成力、などを自然に会得し、曲がりなりにも自分の脚本らしいものが書けるようになるのが普通で、何本書いてもダメな人は、つまり才能ゼロのノータリンということになる。もちろん、私はシナリオ作家志望者でもなく、勉強のつもりで筆記をしているわけでもなく、単なるおてつだいさんに過ぎないけれど、しかし「門前の小僧、習わぬ経……」というように、これだけ筆記の経験を積んでなお、雑文もロクに書けないほうが不思議なので、私もまた人後におちないノータリンということなのだろう。

私が子役として入社した映画会社は、現在《いま》の松竹映画の前身で、当時は国電の蒲田にあり「松竹キネマ蒲田撮影所」といった。そして「蒲田」という月刊映画雑誌を出版していた。私は、六、七歳のころから、その「蒲田」に、日記や落書きなどをイヤオウなく書かされていたのである。玩具のロイドのオジサンやお化けの絵、そしてカタカナの日記などが掲載された「蒲田」の切りぬきが、いまでも私の手もとに残っている。原稿料を貰った記憶はないけれど、オカッパ頭をひねりひねり、鉛筆をなめなめ、原稿用紙に向かっていた当時の私の姿が、まるで昨日のことのように思い出される。

どうやって文字を書くことを覚えたか？　ということについては『渡世日記』にも書いたが、私は、私のガッコノセンセイであった指田教師に深く感謝しなければならない。指田先生はガッコへイカレナイ私のために、いつも二、三冊の子供雑誌を抱えては、自分のほうから私の家を訪ねて下さったのである。私はそれらの本を、撮影所の子役部屋や地方ロケーションに行く汽車の中で、くりかえし、くりかえし、文章を読んでは絵を眺め、絵を眺めては文章を読み、指田先生のおかげであやうく文盲をまぬがれたのだった。

十二歳のとき、私は松竹から東宝映画に移ったが、ここでも『東宝』という月刊グラフ雑誌が出版されていて、私は宣伝部にこづかれて、せっせとロケーション日記や、撮影所風景を書かなければならなかった。私の読書好きも、このころから出発したらしく、少女のころには寸暇をさいて本にかじりつくようになった。書店に飛びこみ、やたらめったら本を買い、といっても貧乏だったから贅沢な月刊雑誌や単行本には手が出ず、もっぱら持ち歩きに便利で中身の濃そうな岩波文庫を選んだ。岩波文庫の星ひとつが、まだ二十銭だった頃のことである。

映画の撮影は断片的で落ち着かないので、大長編小説などを読み通すことはできないから、和洋を問わず随筆集や詩集や短編小説集ばかりを、歯が立たないものははじき飛ばして、読めるものだけ読む、という全くの乱読だった。が、いずれにしても私の読んだ本の数など微々たるもので、日本人の平均読書時間がかりに一日一時間だとすれば、私はその百分の一にも満たないだろうと思う。

私にとって、読書は唯一の楽しみだったが、同じ文章を読むといっても、映画の脚本を読むということになると、楽しみどころか苦しみに近い。まず心がまえが大きく違ってくる。だいいち、「出演すれば出演料が貰えるけれど、出演しなければ一銭にもならない」という生活がかかっている。出演するのはたやすいが、さて断わると、それ相応な意見や断わる理由をみつけなければならない。断われば憎まれるからその覚悟と勇気もいる、というわけで脚本の読みかたもいっそう慎重に、真剣になるというわけである。どのような作品を選んで出演するかは、自分の履歴書を一字一字埋めるのと同じくらいの重要さがある、と私は思っている。

私にとって、長い映画生活が子供のころからの習慣や馴れのまま、惰性で流れてきたように、文章を書く、ということもまた、他から強制されるままに馴れてしまった、ということではないか、と思う。

文章は、修行すれば上手く書けるものだろうか？　私は、その人間の生きかたと環境が書かせるものではないか、とおもう。なぜなら、物質、精神、共に裕福に生まれてきた人の文章にはおのずと大らかなゆとりが感じられ、人の顔色をうかがいながらシコシコケチケチと生きた人間の文章はつねに貧しくみみっちい。文章は人間そのものだ。たとえば、私が自分の拙い文章にイヤ気がさして、もうちょっと上品な文章を、と気取ってみたところで、それはしょせん、他人の文章の猿マネで、自分自身は無ということになる。

因果応報とは、よく言ったものである。

ウの目タカの目、女の眼

私の身辺ワースト・テンとベストテン

ワースト・テン

シュミチョロ

スカートの下から、シュミーズがチョロリ。どんな美人もこれで台なし。例えば立派な和服のすそから腰巻きがのぞいているのと同じくらいみっともない。どうしてみっともないのョ？　と聞かれても返事に困るけれど、世の中にはコレという理由はないが、とにかくアカン！　ということがある。

電話機のカバー

電話機に花柄の衣裳を着せるなんて、いったいどこの誰が考えだしたのかしら？

と、あの人この人に聞いてみたけど分からなかった。ただ、ある男性は、「女性はメカニズムに弱いですからね。冷たい感じの電話機にも抵抗を感じるんじゃないですか？」という。日本の女性って、そんなに幼児性豊かなのかしら。それともヒマなのかしら。

トマトケチャップの瓶

出てこない。出てこない。真ッサカサマにしても出てこない。シャクにさわってお尻をぶっ叩くと、今度はダバッと出てきちまって、出すぎもまた始末に困る。よく、アメリカ人なんかが性こりもなくこれをくり返して、ナイフなんかつっこんで瓶の中をのぞいたりしているけれど、最近は日本のアタマのいい人がポリエチレンの「押せば出る」式のケチャップ容器を考えだしたので、まずは一件落着。ヤレヤレ。

イミテーションの毛皮

いまから二十年ほど前、アザラシのコートを着てパリの街角に立っている私の写真が婦人雑誌に載ったことがあった。当時かなり有名だった服飾デザイナー先生の、

「よく出来たイミテーションですね。さすが、パリです」というコメントがついていたので私はビックリしたとたんにアタマにきた。銀色に光るアザラシの毛皮は、当時のパリでも珍しく、ウンウン言いながら財布の底をはたいたコートだったが、日本人はまだ見たことも無かったのだろう。それにしても「イミテーション」と一言で片づけちまうなんて、ひどいじゃないの。

高価な毛皮はもちろん美しい。しかし、それ以上に、信じられないほど暖かいのが毛皮の身上である。暖かくもなく、美しくもないイミテーションの毛皮は、着ている人間をただ物欲しげにさもしく見せるだけで、なぜか悲しい。

玉のれん

「お部屋の間仕切りのカーテンの代りに、この頃は玉のれんがよく売れます」と、デパートの売子が言っていた。

それでなくてもチマチマとした間取りの部屋に、出入りのたびにジャラジャラと音立てて揺れ動く玉のれんなどをブラ下げては、気が散ってヒステリーが起きるんじゃないかなァ、と心配になる。

テレビのホームドラマにはよく玉のれんが登場するけれど、あれは、向こう側からこっちを狙っているカメラをかくすためのものであって、（撮影用語で見切れるという）、美しいとかステキだとかいうこととは一切カンケイないのです。

どうしてものれんが必要なら、いっそ小いきな模様の手拭いつなぎか、紺木綿ののれんのほうがスッキリとしてしゃれている、と思うのだけれど、どうかしら？

カー・アクセサリー

日本のタクシーに乗ると、私はなんとなくソワソワとして腰が落ち着かない。シートにはシートカバーが掛かり、バックミラーの下にはお守りとか玩具の狸なんかがブラ下がっていて、足もとにはペラッと安物のカーペットが置かれて、足が引っかかったりする。車をごたごた飾るのはサービスのつもりかも知れないけれど、そこはかと生活の匂いがただよって、他人の家にでも迷いこんだような気がする。

タクシーのみでなく、マイカーと称する自家用車もまた装飾過多の気味がある。シートにはレースの飾りやクッション。バックには縫いぐるみの虎などがはべっていて、まるで小さな応接間。乗っている人間の身の置きどころもないほどのせせこましさだ。

外国での車は、「足の代用品」という観念が浸透しているのか、自家用車はまるで靴か下駄並みの待遇で、あくまで消耗品として無造作に扱われるが、日本国では、車はいまだにマイホームの一部と思われているのかもしれない。

アメリカの友人に、「アメリカにもカーアクセサリー屋さんってある？」って聞いたら、とっさに返って来た返事がふるっていた。「ありますよ。ティーンエイジャーか、気狂いのためにね」おやまあ、である。

ひざ下ストッキング

中年オバサンの団体なんかでチラホラ見かけるけれど、スカートからちょっと膝がのぞいて、その下に見える、一本の横線……。あのひざ下ストッキングの線ほど見苦しいものはない。そりゃピッタリとしたパンティストッキングよりは立居が楽で、当人はいいかもしれないけれど、とにかく恥ずかしいくらいみっともない。女が見てもみっともないのだから、男性はさぞゲンナリするだろう。ウチの夫・ドッコイに意見を聞いたら、たった一言、「離婚だ！」って叫びました。

でもね。実は私もひざ下ストッキングの愛用者の一人なのです。ただし、夏のパンタロン用に。とっても便利で涼しいんだもん。でも、あの膝に喰い入る一本の横線だけは絶対にひとさまに見せたくないもののひとつね。

ビニールのスリッパ

「私、ビニールのスリッパなの。なにしろ値段が安いし、丈夫で長持ちするから、ほとんどのホテル、旅館、民宿、そして団地のみなさんも、ワリと気軽に買ってはくれるんだけど、素足で履けばベトつくし、靴下はけばツルツル辷って歩きにくいし、なんて、あんまり評判はよくないのね。私の友達なんてすぐに便所用に下げられちゃったわよ、可哀想に。いくら私が丈夫だからといったって、乱暴な酔っぱらいにポーン！　と蹴っとばされたりすると、私だってカッとなるわよ、そうでしょう？　ふんわかとピンク色のお嬢さんの足ならともかく、にちゃにちゃしたでっかい脂足なんかつっこまれてごらんなさい、いいかげん世の中はかなくなっちまうから……。せめて二日に一度くらいは熱いお湯でキュッとしぼった雑巾で私を拭いてくれたら、さぞ気分がサッパリするだろうと思うんだけど……日本人ってもう少し繊細でキレイ好きな人種かと思ってたら、そうでもないみたいねえ。

でも、こうみえても私、海外旅行にもしょっちゅう行くのよ。え？　どこかって？　空の上、そうアタリ、飛行機の中なのよォ。ビニールのスリッパは、ハイ、国際線の備品として活躍しております。そいで、履かれて歩かれるところはっていうと、ま、せいぜいトイレくらいだけれど、日本人ってトイレのマナーが悪いのねえ、この間なんかどこかのオバサンが私を履いたまま「ドッコイショ」なんてトイレに乗っかっちゃってサ。アッという間に辷り落ちて、便器に片足つっこんじゃって、私、ぬれねずみになっちゃった。あら、ごめんなさい、こんな下品なお話、失礼しました。

あ、そうだ。もと女優のさ、高峰秀子ってババア知ってる？　あいつはヤな奴よ。ホテルの部屋に入るなり、まず私をつまみ上げてクローゼットの中にポイッと投げ入れるんだから！　どこの誰が履いたかわからないビニールのスリッパなんてキモチ悪いって、自分の持ってきたタオルのフワフワしたスリッパなんかつっかけてスイスイ歩いてるの、キザったらありゃしない。私だって、なにも好きこのんでスリッパになったわけじゃなし、今度来たら、ホント、蹴っとばしてやろうかと思ってるのよ」

フォームラバーの座布団

一時期、フォームラバーなるケッタイな代物が出現したとき、新しいもの好きの私たちは眼の色変えて、「それ、マットレスだ」「あら、枕だわ」「座布団もあるよ」と、めったやたらと買いまくり、一大ブームを巻き起したものだった。喉もと過ぎれば熱さを忘れちまうのが人間の性《さが》というもので、その後トンと評判も聞かない。なんて他人ごとのように言うけれど、実はこの私も当時はウハウハとお先っ走りに買った一人でありました。

マットレスは、上に布団を敷けばベッドもどきでまあまあだけれど、枕のほうは寝返りをうつたびにグナグナと弾むので頭が落ち着かず、いつの間にかお払い箱。

いちばん困っちまうのが座布団で、昨今は二流どころの旅館や料亭はほとんどフォームラバーの座布団を使っているけれど、いつもパンパカパンにふくれているだけで味もソッケもあったもんじゃない。ふっと気がつくとお尻が半分ズリ落ちていたり、ヘンに軽いからすぐどこかへスッ飛んだり、と、お尻も落ち着かないけれど布団のほうも落ち着きがない。

当節は、綿入りのふっくりとした座布団は値も張り、手入れも大変かもしれないけれど、とにかく、座布団というものが座るためのものならば、「座りやすい」というのが第一の条件。ふくれてばかりいないで何とかしてくださいな。

汚れたパフ

テレビ局の廊下で、パッタリと知りあいの女優さんに出会いました。相変らず美人でした。

「あーら、しばらくねえ」、と、つい立ち話が長くなったとき、コンパクトの鏡をのぞいた彼女がパフでハナの頭をチョンチョンと叩きました。ふッと目に入った、そのパウダーパフは、白粉と脂でテカテカに固まり、まるで汚れた皮のようになっていました。

小さなパフを洗うヒマもないほど慌ただしい彼女の日常がしのばれて、というよりさきに、汚れたパフのかげになにやら荒れた生活がチラリとのぞいて、指にきらめく豪華なスターサファイアまでが、ひどくもの哀しくみえました。

「じゃ、またね」、と、シルクのワンピースの裾をひるがえしてスタジオの扉の中に消えてゆく彼女を見送りながら、私は心の中で呟きました。

「私が男性だったら、百年の恋もパフ一枚でさめちゃった、っていうところかな」

女が身ぎれいに生きる、ということは、むつかしいものですね。

ベスト・テン

ナイロンのストッキング

拝啓　親愛なるナイロンのストッキング様。

私があなたに初めてお目にかかったのは、昭和二十一年、つまり敗戦後間もなくの頃でした。ナイロンのストッキングは、アメリカの進駐軍によって、初めて日本に上陸したのです。

それまで、高価で、しかも弱く、穿いたとたんにツーッと糸がひけることもある絹のストッキングを、まるで宝物を扱うようにそうっと穿いていた私たち日本人にとって、絹よりもなめらかで美しく、その上丈夫なナイロンストッキングの出現は、ただ、ただ、驚嘆以外のなにものでもありませんでした。そして、ナイロンという素材が植物の繊維ではなく、石油から作られる、と聞いて、またまた仰天すると同時に、私は、「あ、やっぱり日本は負けたのだ」と、改めて認識したのでした。焼け跡をさまよう日本の女性が、ナイロンの靴下一足で進駐軍のＧＩと寝床を共にしたのも、この頃でした。

あの日から三十七年という月日が経ちました。そして今では、ナイロンのストッキングはあるべくして在るのだ、という感じでおそらく世界中の女性たちに無造作に穿かれ、ちょっとでもほつれればポイと捨てられる運命にあります。値段も安価になり、先日も三足入り二百七拾円という安さに思わず手がのびて買ってきましたが、なかなかどうして立派なストッキングでした。敗戦後、「戦後、強くなったのは、女と靴下だけ」という言葉が流行りましたけど、日本の女性がいくら強くなっても、到底、あなた様にかなうものではありません。けれど、強くなればなるほどぞんざいに扱われるとは、宿命とはいえ、なんと理不尽なことでしょう。もったいないことです。

思えば、昔なつかしいゴム製の靴下止めでとめるストッキングから、画期的なパンティストッキング。ハーフストッキング。そして、いまはまたカラフルな模様入りのストッキング、と、あなたのたゆまぬ御精進には、日夜、その恩恵を蒙る一女性として深く感謝をいたします。今後もますます美しく、スリ切れることなくおすこやかに、と願って、筆を置く次第です。

バンドエイド

私のハンドバッグの小物入れには、常に二、三枚のプラスチック・バンドエイドが入っている。のべつまくなし怪我だらけ、ってわけではないけれど、例えば指のさかむけ、靴ずれ防止に、ペタリペタペタと、どんなにお世話になったかわからない。

結婚以来、三十年間、夫・ドッコイの口述筆記を続けている内に、私が子供を産まないのに、右手の中指がタコを生んじゃって、鉛筆を持つたびに「痛え」の「押すな」のと悲鳴をあげるので五月蠅《うるさ》くてしかたがない。あるとき、思いついて、いちばんチビのバンドエイドを貼りつけてみたらなかなかに工合よく、タコが文句を言わなくなった。以来、バンドエイド君は鉛筆箱の中で鉛筆と同居するハメになって、嬉しいような嬉しくないような、ヘンな顔をしています。

電気釜

あるとき、わが家の夫・ドッコイが「電気釜」というテレビドラマを書くことになった。そこで、「電気釜の発明者ヤーイ」と、ある週刊誌上にアンケートを出したところ、全国津々浦々から、「オレだ」「私だ」と、電気釜のお父っあんやおっ母さんが続々と現れて、どれがウソやらホントやら……。モメモメにモメたあげく、とうとうドラマは出来そこなってお蔵入りになっちゃった、ということがありました。

どこの何方が発明したにせよ、「電気炊飯器」だけは、わが日本国の大ヒット。最高ケッサクである、と、私は信じています。ただし、停電のときは……ねえ、どうする？

ゾリンゲンの爪切り

あとにもさきにも、あんなに洒落たパーティーに出席したことはありませんでした。日本の、ある新聞社の、ドイツ長期派遣員だったジャーナリストのお嬢さんの結婚披露宴で、場所は帝国ホテルの小宴会場でした。お客様は百人足らずだったでしょうか。会場に到着しましたら、入口に花嫁花婿と、そして二人の両親が並んでいて、「ようこそお出でくださいました。さあ、どうぞお入りください」
と、御挨拶がありました。仲人の姿はどこにも見えませんでした。御馳走はしゃれたメニューのビュッフェで、年配のお人たちへの心くばりなのでしょう、四、五卓の丸テーブルと椅子が用意されていました。お客様が揃うと、花嫁花婿も一緒になってビュッフェを楽しみながら、お客様の中を縫って歩きました。一時間ほど経ったときでしょうか、肢体不自由児の、花嫁のお姉さんが、指をあやつって、妹さんのためにピアノを一曲だけ披露したあと、今度は花婿のお父さんがマイクを持って、「まだ一時間ほど時間がございますので、どうぞ、ごゆっくり」と、御馳走や飲みものをすすめました。

祝詞も演説もなく、お色なおしも音楽もなく、それはそれは静かで和やかな雰囲気の中で、お客様がたは心からリラックスして美味しいビュッフェとワインを楽しみ、会話を楽しみました。それから一時間ののち、再び、入口にさきほどの六人が並んで、立っていました。いつの間にか、花嫁さんはシンプルなワンピースに、花婿さんはスーツに着替えていて、

「今日はお出でくださいまして、ありがとうございました」

と、お客様の一人一人と握手を交わしました。そして、一番端ッこに立っていた花嫁のお父さんが、とても小さな、掌に入るくらいの紙袋を、一人一人のお客様に手渡していきます。なんでしょう？　家に帰って開けてみると、ゾリンゲンの爪切りがヒョイと現れました。

私は、以来二十年余りもその爪切りを愛用していますが、びくともしない切れ味です。そして、その爪切りを使うたびに、私はあのスマートだった結婚パーティーをなつかしく思い出すのです。こういうのが、ほんとうの結婚披露というのですね。

中国の朱肉

一九六三年の秋、中国旅行をしたとき、中国の俳優さんと、映画評論家から、お土産に夫婦二揃いの印鑑をいただいた。

ひとつは有名な鶏血石《けいけつせき》、ひとつは上等の象牙である。さすが文字の国だけあって、どちらも甲乙つけがたく立派で美しい印鑑だった。

その印鑑を早く押してみたくって、私は蘇州で陶器に入った朱肉を買った。夫・ドッコイは少しくすんだ紅を、私は華やかに明るい紅を選んだ。文房具屋のおじさんは、「この朱肉の色は、三十年間変わりません。私が保証します」と、ニッコリした。

私は商売柄、色紙をかくことが多い。名前の下にこの印鑑を押すと、朱肉の紅がしっくりと落ち着いて、へたくそな色紙がグンとひき立って、ありがたい。

この朱肉を買ってから、早くも二十年がすぎたけれど、朱肉の色は全く変わらない。蘇州の文房具屋のおじさんの言った通り、どうやらあと十年は持ちそうである。

ホカロン

商売柄、とんでもなく寒いところへ行ったり、寒い思いもする。カメラの前で顔面蒼白、鳥肌立ってガタガタしては仕事にならないから、冬場は専ら古風な懐炉のお世話になっていた。一見美人風の映画のヒロインが、まさか背中に懐炉をしょっていようとは、お釈迦さまでも……とおもいでしょうが、まあ、楽屋というものは、いずれそんなもンである。

懐炉サンはなかなか気むずかしい。あわてればあわてるほど火口に火が点かないし、機嫌が悪ければ途中で消えてみたり、熱くなりすぎて危うくカチカチ山の狸になりそうだったりで、もうひとつアンバイが悪かった。

そこへ現れ出でたるのが、ホカホカホカロンなる現代版の懐炉です。なにやら平べったくて、片手に持ってシャカシャカと振ると、中に入っている薬品が摩擦しあって熱を発し、二十四時間はホッカホカ、という、信じられないほど便利な懐炉です。

最近はミニタイプも現れて、またまた調法。

長生きすると、いろんなものに出会えるものですねえ。

綿棒耳かき

「耳かき」と聞いただけで、懐かしさがあふれてくる。「耳かき」のイメージは、即、母のひざ枕だからだ。母はいつも私のオカッパ頭をひざに乗せ、ちょっと鼻の下をのばすような表情で、私の小さな耳の穴をのぞき込みながら、そうっと、そうっと耳かきを使った。そして「さあ、おしまい」と言いながら、耳かき棒の反対側についているフワフワした白い毛で仕上げをし、私はそのたびに「くすぐったァい！」と、両足をバタつかせたものだった。

私には子供がないので知らないけれど、いまの子供たちもやはり昔のようにああしてお母さんのひざ枕で耳掃除をしてもらうのだろうか？

考えてみると、私は髪を洗うたびに綿棒で耳を掃除する習慣がついたせいか、とくに「耳かき」のお世話になることが少なくなった。だから「耳かき＋綿棒」というユーモラスな代物に出会ったときは、懐かしさが先に立ったせいか、思わず三袋も買い込んでしまった。耳掃除以外にもいろいろな使いみちがあってずいぶんにトクをした。

割り箸

古代の箸は、細く切った竹を折り曲げて、ピンセットの要領で食物をはさんでいたらしく、それが「箸」のルーツではないか？　と言われている。

杉の「割り箸」がお目見得したのは幕末の頃だそうだが、割らない前の割り箸はU型をしていて、なんとなくリバイバルを感じさせる。

そんなことはともかくとして、一食ごとにポイと使い捨ててしまう、一見清潔、一見贅沢な「割り箸」は、他国にはみられない、日本国特有の習慣でもあり、一大傑作だと私は思っている。作家のヘンリー・ミラー氏は、日本女性の優雅な箸づかいを「まるで小鳥が餌をついばむようだ。なんと美しい」とみとれたそうだが、たしかに箸さばきひとつで女性がグンと美人にみえたり、ダメ女にみえたりする。このあいだも或るラーメン屋で、私の前に腰かけていた若い女性が、半分ほど残したラーメンの丼に、割り箸を文字通り投げ捨てて帰ったので私はビックリした。そして、「オヤオヤ、あんなお母さんに育てられる子供は不幸だな」と、心の中で呟いた。

以前、なにかの雑誌で、「貴重な資源を無造作に使い捨てるのは、あまりにももったいない」という割り箸廃止論を読んで、私も大いに賛成でうなずいたけれど、やはり「割り箸さん」には後世いついつまでも生き残ってもらいたいな、とちょっと困った。

スコッチテープ

戦後はじめてアメリカへ旅行して「スコッチテープ」と出会って、以来、私はスコッチテープの中毒になってしまったらしい。下が透いて見える透明テープ。つや消しのソフトなテープ。両面テープに糸入り強力テープ、と、どれもこれも気に入って、日夜、親の仇の如くコキ使っている。

ワンタッチ・カメラ

ワンタッチ・カメラの出現は、カメラ界に一大革命を巻きおこした。
「サルでも撮れる」というキャッチフレーズは、なんぼなんでも「いきすぎじゃないかしら？」と思ったけれど、ためしに「チョン！」と押してみたら、ちゃんと写っていたのには心底、感激した。いやいや、感激した、などというものではない。

昭和五十三年の秋、私は、作家の井上靖先生のお供でアフガニスタンへ旅行をした。名目は、「クシャーン王朝・遺跡の旅」とやらで、実を申せば、考古学にはトンと縁のない私などには全くの猫に小判。私は、日がな一日、井上先生を追いかけて、ワンタッチ・カメラのシャッターを押した。

日本へ帰って来て、フイルムを現像してみたら、写っている以上に写っている？　被写体とお天気さえよければ、かなりイイ線までいくのだ、ということを、しかと証明してくれたわけである。私は早速、記念アルバムを作って井上先生に進呈したが、なんと、その中の一枚が井上先生のお気に入ったらしく、学習研究社から出版された「井上靖」という豪華本の表紙を飾ったのである。豪華本の目次の終わりに、「表紙撮影・高峰秀子」とあったのには、晴れがましさにビックリしたが、その上に「六万円」という撮影料を頂戴したのにはもっとビックリした。撮影をされて謝礼を貰うのは私の商売だけれど、撮影をして謝礼を貰ったのは、生まれてはじめてだった。イーイ気もちだった。

「桃太郎」錦絵協力・唐澤富太郎／本文中33点は「瓶の中」（昭和47年11月文化出版局刊）に加筆いたしました。

あとがき

まえがきの冒頭にあるように本書を書いたのは、私が六十歳のころで、いまから十余年も前の雑文集である。

月日が経つのは早いものだなァ、とおもうが、そうではない。六十歳をすぎたころから気力、体力、能力、といったすべての力《りき》が低下して、こちらの生活テンポが緩慢になっただけのことである。

「老い」という初体験にへどもどしながらも、といってボケーッと居座っているわけにもいかない。私の場合、一番の気がかりは身辺の整理整頓である。女優商売をやめたら、自分の身丈《みたけ》に合った、布地でいうなら木綿の肌ざわりのようなサラリとした家にひっそりと住みたい、という念願もまだ果たしていない。グズグズしていたら、それこそ時間切れになる。

私は、家の建てなおしという一大作業にとりかかった。大きかった家をぶちこわして、三間こっきりの、老夫婦用のついの栖《すみか》を作ったのである。チョキンも吹っとんだが、二年という月日もふっとんでいった。

私には、年を経るほど「人生のお手本」として、仰ぎみてきた一人の男性がいる。中世のころ、当時から優れた生活記録の名著として、現在《いま》も読みつがれている『方丈記』を書いたお人で、名前を鴨長明サンという。その生きかたの見事さ、素晴しさは、洗いぬいた上質の木綿の如く心地よい。いつかは彼のような静謐《せいひつ》で透明な精神にチラとでもあやかりたい、と思っているが、さて、どうなることやら……私が住居を縮めたのも、その願望の一端かもしれない、と、苦笑いが浮かぶ。

私たち夫婦のついの栖《すみか》は、方丈（畳六枚ほど）よりはいささか広く、長明サンのように琵琶《びわ》や琴といったやんごとなき趣味もないけれど、本書の文中に挿入されている愛《いと》しの小物たちにとりかこまれながら、まずまずは心静かな日々をすごしている。まことに、ありがたいことである。

平成十四年十一月　　　　高峰秀子

単行本　一九八三年十月　潮出版社刊

文春文庫

コットンが好《す》き

定価はカバーに
表示してあります

2003年1月10日　第1刷
2024年2月29日　第10刷

著　者　高《たか》峰《みね》秀《ひで》子《こ》
発行者　大沼貴之
発行所　株式会社 文藝春秋

東京都千代田区紀尾井町 3-23　〒102-8008
TEL　03・3265・1211㈹
文藝春秋ホームページ　http://www.bunshun.co.jp

落丁、乱丁本は、お手数ですが小社製作部宛お送り下さい。送料小社負担でお取替致します。

印刷・TOPPAN　製本・加藤製本

Printed in Japan
ISBN978-4-16-758707-9